JN116332

闇の水脈　天保風雲録　第一部

川喜田八潮

Parade Books

あらすじ

天保十四年（一八四三）晩秋の閏九月、江戸下町・本所回向院の境内で、生き別れとなっていた、ふたりの中年の男女が、十年ぶりに劇的な再会を果たした。

男は、今は、浅草で私塾・水明塾を営む市井の陽明学者・河井月之介、女は、常磐津の師匠・音羽。

ふたりは、互いの数奇な運命について語り合い、今、再びめぐり逢ったことの不思議さの中に、この世の裏に秘められた、目に視えぬ霊妙な〈闇〉の気配を感受するのだった。

そこには、同時に、六年前に起こった大塩平八郎の乱に象徴される、天保期の荒廃した不条理な世相が影を落としていた……

一方、水明塾の塾生で、月之介の愛弟子である旗本の青年、刈谷新八郎は、己れの生きる意味を見出すことができずに、〈引きこもり〉の部屋住み暮らしを続けながら、もがき苦しんでいた。

心の通わない家族と冷やかで殺伐とした大人たちのつくり出す、閉塞した空気感の中で、ひとり無意味に朽ち果てていくような不遇感に苛まれながら、懸命に〈出口〉を探し求める新八郎は、月之介の娘である恋人の絵師・お京の助言で、彼女の師匠である葛飾北斎の娘・お栄に出会い、北斎の肉筆画の世界に息づく〈龍〉の気配に、思わぬ〈生〉の啓示を受けることになる……

水明塾の仲間で、秘密結社・革世天道社のメンバーであった親友・小幡藤九郎の思いもかけぬ〈悲劇〉に、いや応もなく巻き込まれてゆくことで、新八郎の運命もまた、大きく狂い出し、この世の秩序を超えて妖しくうごめく〈闇〉の世界へと転生を遂げてゆく……

徳川幕藩体制が大きく揺れ動き、近代と前近代の諸価値が烈しくしのぎを削り合う、黒船来航前夜の、アナーキーな空気感の漂う天保期を舞台に、「幕末ニート」刈谷新八郎の劇的な生の軌跡を描き上げる時代劇巨編。

登場人物一覧

河井月之介　四十二歳、私塾・水明塾を営む市井の教師

秋江　三十七歳、月之介の妻、漢方医・建部良庵の弟子

お京（京子）　十九歳、月之介と秋江の一人娘、絵師、お栄の弟子

音羽（おゆき）　四十二歳、常磐津節の師匠、月之介の恋人

刈谷新八郎　二十二歳、旗本・刈谷家の次男、水明塾の塾生

刈谷頼母　新八郎の父、元・蔵奉行

織江　新八郎の母

刈谷伝七郎　新八郎の兄、勘定組頭

片桐志野　新八郎の姉　旗本・片桐惣右衛門の妻

奥村邦江　織江の妹、旗本・奥村忠左衛門の妻

お栄　絵師、葛飾北斎の娘

小幡藤九郎　二十七歳、本名・弥助、上州・水上村の百姓出身
高野長英の弟子、水明塾の塾生

狭間主膳　三十八歳、私塾・志斉塾を主宰、佐藤一斎の門弟
革世天道社の首領

黒川竜之進　三十四歳、志斉塾の塾長、元・甲府勤番与力
革世天道社の幹部

村上喬平　二十八歳、志斉塾の助教、元・信州飯山藩士
革世天道社の幹部

犬飼源次郎　勘定所・勝手方役人

津田兵馬　江戸南町奉行所与力

望月伊織　元・大坂西町奉行所同心、大塩の残党
音羽の配下

伊吹佐平太(いぶきさへいた)　元・美濃岩村藩士(みのいわむらはんし)、音羽の配下
猿の吉兵衛(ましらのきちべえ)　元・武蔵川越(むさしかわごえ)の水呑百姓(みずのみびゃくしょう)、音羽の配下
小染(こそめ)　吉原の遊女、藤九郎の幼なじみ
松吉(まつきち)　藤九郎の下男
五兵衛(ごへえ)　月之介の下男
嘉助(かすけ)　刈谷家の中間(ちゅうげん)
お民(たみ)　刈谷家の女中
犬飼源次郎の小者(こもの)
黒川竜之進の配下多数
江戸南町奉行所の捕り方(とりかた)**多数**

目次

第一部

第一幕　音羽……13
第二幕　秋江……43
第三幕　新八郎……85
第四幕　刈谷家……123
第五幕　画龍……157

第二部

第六幕　藤九郎
第七幕　結社
第八幕　密談
第九幕　遭難
第十幕　転生
第十一幕　雪
あとがき

闇の水脈　天保風雲録　第一部

第一幕　音羽

（1）第一場　天保（てんぽう）十四年（一八四三）・晩秋〔陰暦（いんれき）・閏（うるう）九月〕

江戸下町・本所回向院（ほんじょえこういん）の境内（けいだい）。夕暮れ時から宵闇（よいやみ）時にかけて。

河井月之介（かわいつきのすけ）と音羽（おとわ）登場。

月之介　お久しゅうござった……一別（いちべつ）以来、十年にもなりもうそうか。
大坂・天満（てんま）でお別れして以来でござったの。
まさか、かような本所（ほんじょ）の片隅で、おゆき殿とめぐり逢えるとは……

音羽　本当に、……お久しゅうござりました。
なんという、不思議なめぐり逢わせでございましょう、月之介様……

月之介　あまりにも、……あまりにも久しい時の隔（へだ）たりに、……言葉もござらん。
何と申してよいやら……

見れば、失礼ながら、ずいぶんとお変わりになられたようでもあるが……

でも、やはり、昔ながらのゆき殿だ……私にはわかる……

私の存じ上げているあなただ……

音羽　いつの間にやら、いたずらに歳を重ね、老けてしまいましたでしょう……
姿・形も、髪型も、お武家の女房だったあの頃とは、似ても似つかぬありさまで、上方なまりも今では跡形もなく隠しおおせて、柄の悪い、べらんめいのタンカ切りをご披露してみせる、こわもての姐御に成りおおせていますのさ。

月之介　いや、……そんなこともあるまいに……あなたは、昔と少しも変わってはおらん。だが、敢えて申し上げるなら、……なんというか、その、……本当に、良きお姿になられた。

変わらず、お美しいが、それだけではなく、なにやら不可思議な、とらえ所のないお人になられたようだ……

霊妙な気配というか、おごそかなものをおぼえます。

音羽　まあ、……本当に、お久しぶりにお逢いできた、とおもったら、いきなり、臆面もなく、そんな、突拍子もないことをおっしゃって……（笑）。
照れ臭くて、困っちまうじゃないですか。

月之介様のそんなとこ、昔と全然変わってない……
人がなんと思うかなんて、全然お気になさらないで、いきなり、凄い、とんでもないことを、しゃあしゃあと言ってのけるのだもの（笑）。

月之介　いや、……感無量のあまり、思わずほとばしり出る言の葉を、稚拙とおもいつつも、ついつい口にしてしまうまでのこと……相変わらずの、気恥ずかしい習癖でござる。お笑い下さい。

音羽　ふだんは、とても口数が少なくて、すぐお顔を赤くなさって、もじもじとお言葉を呑み込んでしまわれるお方ですのにね……
いったん想いがつのってこられて、激されると、……本当に、凄いことおっしゃるんですもの。全然変わってやしないんだから……（笑）。

月之介　でも、本当に、久方ぶりにお逢いしたあなたは、……そう、ケレン味なく申せば、やはり、良いお貌になられた……しみじみそう思います。
月並みなたとえ方になってしまうかもしれぬが、語り得ぬ歳月の重みが刻みつけてきた、樹木の年輪のごとき、厚みのある、なつかしい、深々としたお方となられた。

（音羽、うつむき、はにかみつつも、黙って、月之介の方に深々とおじぎをする）

音羽　でも、……月之介様も、昔とお変わりにならず、あの、なつかしい月様やけど、……

そやけど、あたしどもと同んなじで、やっぱり、年とらはりましたなあ（笑）。
当たり前やけど。なんか、雰囲気変わったし、風格のあるお人にならはったわぁ……

月之介　改めて、しみじみ言わんといて下さい。いたずらに老けこんだだけですよ。

音羽　そんなことあらへん。月様こそ、ええお貌にならはったわ……

月之介　アホな失敗ばっかかし繰り返して、相変わらずの未熟者で、昨日を悔い、今日を恥じ、明日に怯えながら、取り越し苦労をしたり、悪しき想念を抱きがちな己れとたたかい続けている、情けない身です。
いたずらに貌のシワが増し、面相が険しくなるばかりです。

音羽　あはは……それは、お互いさま、……よう似たもん同士どすな、相変わらず。

月之介　ホンマや（笑）。

音羽　わたし、今では、上方にいた時と名も変えてしもうて、表向きは、常磐津の師匠音羽と呼ばれとりますねん。

月之介　そうか、……音羽殿……常磐津節をのう……
ところで、……お尋ねしてよいものやら気がひけるが、その、……ご主人の中山篤之進殿は、いかがなされた？

音羽　篤之進は、とうの昔に亡くなりました……ご存知どっしゃろ、もう七年ほども前のことになりますけど、天保八年二月の、大坂での大塩の乱のこと……。あの騒動で、篤之進は、月之介様もよくご存知の、洗心洞(せんしんどう)のお仲間の塾生(じゅくせい)の方々(かたがた)と一緒に、大塩平八郎様の指揮の下(もと)、蜂起(ほうき)し、残党狩りで捕縛(ほばく)・処刑されてしまいました。

月之介　やはり……さようであったか……

乱にお加わりになり、お亡くなりになったとは伝え聞いておったが、たしかめるすべもないまま、ひたすら案じておりました……

それがしは、おゆき殿もご存知のように、あの乱の三年ほど前の天保四年の暮れに、大坂を立ち去り、京の都に向かいました。

別れを告げるべく、ゆき殿にお会いしたのは、大坂を離れる前日であった。

年の瀬も迫り、天満橋(てんまばし)のたもとは、しんしんと雪の降る、凍(い)てつくような暗いたそがれ時(どき)でござった。

今想い返しても、ほんの昨日(きのう)のことのように、鮮やかに、あの日のゆき殿のお顔が、哀(かな)しげなお目の色が、彷彿(ほうふつ)と浮かんで来ます……

あの時は、……本当に、つらかった……

音羽　月之介様とお別れして以来の、大坂での暮らしは、砂をかむような、それはうつろで、さみしい日々でござりました……

といっても、夫から虐待されたわけでもなく、誰からも理不尽な仕打ちをこうむったというわけではございません。大坂に居られた年月は、それなりに幸せだったと申し上げるべきでございましょう。篤之進は、あなた様とのことがあったにもかかわらず、あれから後も、わたしのことを慈しんでくれました。平八郎様や洗心洞の塾生の皆様も、立派な方々でした。

月之介 ……うむ……

音羽 あなた様もよくご存知のように、平八郎様のご養子・格之助様のご妻女の実家・橋本忠兵衛様をはじめ、洗心洞のご門弟衆には、村役人をお勤めになりながら、貧しい小前の百姓どもの暮らしに日々お心を砕かれている方々もおられました。また、夫の篤之進のように、大坂町奉行所の与力・同心の職にありながら、相場を操り暴利をむさぼる悪徳の商人どもから賄賂を受け取ることもせず、同僚や上役たちの目に余る不義・不正のふるまいに心を痛めながらも、己れの生きざまを省みんとして、けなげに精進なされておられる方々も、少なからずござりました。
中でも、宇津木靖様のように、平八郎様の陽明学の真髄を完全に咀嚼され、自家薬籠のものとなされた高弟の方もおられました。

月之介 宇津木殿のことは、私も、橋本忠兵衛殿や白井孝右衛門殿からの書状にて、そのお人柄と学識については、いささか伝え聞いてござる。宇津木殿が洗心洞に入門されたのは、たしか天保五年で、あいにく、それがしが大坂を去って京に移り住んだ直後のことで、面識を得ることはかないませなんだ。ずい分と聡明なお方であられたようで、入門された翌年の天保六年には、早くも、洗心洞塾長に抜擢されたほどの俊才であったと聞きましたが、乱の時は、いかがなされておったのか。

音羽　義のために、ひたすら死に急がんとされる平八郎様やご一党の、常軌を逸した、あまりのご短慮・暴挙を諫められ、平八郎様によってお手討ちになられました……

月之介　なんと……

音羽　ご存知かとは思いますけど、月之介様が大坂をお発ちになられた天保四年から、天保七年にかけては、それはもう、ひどい飢饉が相次ぎ、諸国では一揆・打ちこわしが頻発していました。平八郎様は、これは、腐り切った世のありさま、ご政道に対する天道の怒りの顕われとおっしゃられ、洗心洞のご門弟衆の、世直しへの激情は、いやが上にも、高まるばかりでした。宇津木様がご一党の暴挙をお諫めになられた頃には、もうその狂気は抑えようもないありさまでございました。

月之介　天保七年は、私も終生忘れることのできぬ、ひどい飢饉の年であった。七月に入っても梅雨が明けなかった。暴風や豪雨の日が、いつ止むとも知れず延々と続き、稲も雑穀も青物も、何もかもやられてしまった。飢えに苦しむ下々の者たちが諸国にあふれ、一揆・打ちこわしが荒れ狂った。

音羽　あの年の九月に、平八郎様は、ご門弟の白井様・庄司様に、密かに火薬と大砲の調達をお命じになり、ご養子の格之助様に砲術の稽古を始めさせたのでございますよ。

月之介　それがしは、前年の天保六年に京を離れ、江戸に向かいました。京におる頃は、親しかった二、三の洗心洞ご門弟衆との書信のやりとりもありましたが、それも天保六年までで、その翌年からの消息は、杳として途絶えてしまいました。正直に申せば、あの時のそれがしは、もう、大塩平八郎様をはじめ、洗心洞御一門のお考えとは、完全に一線を画しており、道を分かっておりました……

ただ、ただ気がかりだったのは、ゆき殿のお身の上のことでした。それだけが、本当に、つろうござった……

あなたのお声が聞けぬことが、切なくて、……胸がはり裂けるおもいでござった……

音羽　大塩様ご一党の蜂起が迫った天保七年の暮れには、大坂の市中では、行き倒れて餓死する貧しい者たちが累々と屍をさらし、まさにこの世の地獄でござりました。それなのに、暴利をむさぼり、己が身の安泰のみを図ろうとする大坂市中の豪商たちやそれと結託する町奉行所の役人たち、それに、老中水野越前守の弟である大坂東町奉行・跡部山城守の無策と悪政ぶりは、非道の極みに達しており、大塩様はじめご一党の憤りは、もはや、何人たりとも、押しとどめることはできませなんだ。

月之介　……うむ……察するに余りある……

音羽　死屍累々の惨状を前に、お上は、大坂はじめ京の都や畿内近国の無数の民百姓を犠牲にして、こともあろうに、幕府お膝元の江戸御府内のためばかりに、諸国から大坂に集まった米を、無理矢理、江戸に廻そうってんだから、……無理もござんせん……。あたしだって、あの時の地獄の悪夢は、忘れようったって、金輪際、忘れられるもんじゃございやせん……

月之介　……さもあろう……。ご一党の暴挙の是非についてはさておき、……その止むに止まれぬ御心情を想えば、……言葉もござらん……

音羽　あたしは、あの乱の時、……夫の篤之進に同心して、死んでも添い遂げようと、決心していました。夫も、兄も、一党の者として処刑されてしまいました。あたし一人、どうしておめおめと生き残れるか、と思い決めておりました……。あたしばかりじゃない……他のご一党の門弟衆の妻女も、同じ志を抱いていたとおもいます。乱の後、逆賊の汚名を着せられて、一族連坐して死をこうむった者もおれば、また自ら夫のあとを追って自害した女子たちもおりました……

でも、……でも、あたしは、どうしてもあの時、死ねなかった……

月之介　……おゆき殿……

音羽　あたしは、月之介様もご存知のように、元々は、お侍の家の出ではありません。摂津の村の庄屋の娘どす。兄が洗心洞の塾生で、そのえにしで、兄の友人だった篤之進と知り合うて、町奉行所の同心の妻となって、柄でもない、侍の女房になりましたけど……本当は、お侍の感覚って、よくわからないんです……

侍の義理や忠義だとか、お家のためとか、世間様への恥だとか、恥を知るがゆえに死んでおわびするとか、……。兄や父は学問好きで、儒学の教えとやらが好きで、そんな道徳ばかり、昔から口にしていましたけれど、あたしは、月様、正直いって、本当は、今でもよくわからないんですよ……そういうのって……

そういう、世の中のしきたりみたいなものって……

そういうしきたりに従って、みんなが一緒になって、同んなじように喜んだり、悲しんだり、怒ったり、あげくの果ては死のうとしたり、……そんなの、よくわからない。

月之介　ああ……おゆき殿、あなたらしい。

私は……私は、そんなあなたが好きでした。

先ほど「常磐津の師匠」をしておられると言われたが、あなたは、昔から三味線が巧みであられた……。「お夏清十郎」や「お初徳兵衛」、「八百屋お七」の物語を、何度、あなたの切々と胸に迫る歌声で聴かせていただいたことか……

音羽　あたしは昔から浄瑠璃節が好きでした。……でも、なぜか近松さんの浄瑠璃しか、ホンマは好きになれへんのですよ……

今じゃ、このお江戸での表向きの稼業は、「常磐津の師匠・音羽」ということになっとりますさかい、歌う題材の「より好み」はできまへん……。「道行物」ばっかりというわけにはいきまへんし、「時代物」の「将門」やろうが、「山姥」やろうが、ご祝儀もんの「鶴亀」やろうが、お客の申し出には抗えません。何でも歌いますし、教えます……

でも、ほんまは、「道行物」、その中でも、ほとんど近松さんの物語と曲しか、好きやないんです……。近松さんが亡くなってからの、ここ百年ばかりの間に、次から次へと濫作されてきた浄瑠璃だの歌舞伎だの、……もう、うんざりなんですよ。

忠義だとか親孝行だとか、お家のためとか、義理のためとかで、平気の平左で、わが子を殺したり、死に急いだり、大切な者に地獄の苦しみをなめさせたり、世のしきたりって奴で人をさんざん弄んだあげく、客に空涙を流させるためなら、何だってやろうってんだから……耐えられないんです。

月之介様なら、そんな偏屈者のあたしの好み、よくおわかり下さりますやろ？

月之介　よう、わかります。

音羽　近松さんの台本では、やむにやまれず心中に追い込まれてゆく、アホで可哀相な男や女子は、みーんな、必死こいて生きとるのに、己れの力では、どないもこないもできへん、なんか、大きなさだめの力みたいなもんにひっぱられて、えらい目に遭います……何でもない、ホンマにちょっとしたことがきっかけで、人の出来心や妬みや勘違いやひがが目をこうむって、世のしきたりって奴に、鼻づらひっぱり回されて、どこにも浮き世の義理立てすることができんようになって、誰にもわかってもらえんようになってしもて、好きな者と添い遂げることもできず、あげくの果ては、死んで花実を咲かせるしかのうなった、哀れな男や女子どす……

近松さんが亡くなってからの、有象無象の、ウソで塗り固められた、人のホンマもんの性っちゅうもんを少しもわきまえない、浄瑠璃や歌舞伎なんぞとは、雲泥の差どす。

近松さんの物語の男や女子は、ムダに死に急ぐ者たちやおまへん。精一杯、必死こいて、生きて生きて生き抜いて、恋に身を焦がして、向こう側の彼岸の浄土に、花実を咲かせた者たちどす。死んだ跡に残るのが、しがない浮き名にすぎなくとも、世間様が、親兄弟が、他人様が何をほざこうと、知ったこっちゃござんせん……

あたしはね、月様、そんなアホな、救われない者たちが、無性に好きで好きでたまらないんですよ……

月之介　ああ、……わかる、わかりますとも、ゆき殿、いや……音羽さん。

私は、……そんなあなたが、どんなに、どんなにいとしかったことか……

あなたの胸の奥深くには、昔からそのような、炎のような、混じりっけのない、烈しい一途なあなたが息づいておられた……

私は、……私は、そのようなあなたをいとおしくおもい、同時に、畏れてもいた……

私も、幼い頃から、人の世の業苦を、いやというほど見させられてきたからです。親兄弟であろうが、どんな身近な人たちであろうが、どうしようもなく触れてもらうことのかなわぬ、己れの、たった一人のさみしい胸の内を抱えながら生きてきました……

私は、あなたの中に、そんな私と同じ匂い、同じ心の風景を見続けてきたような、奇妙な近しさをおぼえました……。大坂ではじめてあなたとめぐり逢い、道ならぬ恋に落ちた時、私は、なにか、暗く烈しい渦のような、底の無い闇のような世界にいや応なくひきずり込まれてゆく己れを感じていました……

当時の私は、その闇の力の圧倒的な凄さに耐え得なかった。だから、あなたから逃げるしかなかった……わかりますか。

音羽　よう、わかります……

月之介様が怖れておられた何かを、あたしも、どこかで怖れていたんやと、おもいます。わたし、正直に言うたら、あの時、何もかも捨てて、奈落の底に落ちてでも、月様とどこまでも添い遂げる気でございました。前世からのさだめでめぐり逢うた、このお人以外に、わたしのいのちを託せる人はいない……そう思うておりました。

　今でも、その心に、変わりはおへん。

でも、同時に、あの時、何かが、ひっかかっておりました。

月之介様が、大切になさっておられたご妻女と娘御を捨ててまで、わたしを択ばれようとなされなかったのも、その同じ何かのせいやったような、そんな気がします。違いますやろか？

月之介　私も、そう思う。

　あの時、そなたと道行を共にしていたら、何かを、私どもが絶対に亡くしてはならぬ何かを亡くしてしまっておったような気がしてならぬ。単に、長年慣れ親しみ、連れ添ってきた妻や娘への未練のせいばかりではなかった。私とそなたが、この世でめぐり逢うたことの、かけがえのないさだめの秘密も、そしてまた、われらが生き抜き、幸せにならんとする想いも、共に、永久に見失われてしまうことになりかねぬほどの、とてつもなく大切な何ものかであったような気がする。

音羽　はい……
　あたしは、あの時、月之介様と添い遂げられていたら、あたしも月様も、きっと、この世に生まれ落ちてきた時から抱え込んできた、たった一人のさみしい想いを忘れ捨てようとして、お互いを欲しいという〈渇き〉のあまり、相手を果てしもなく求め続け、貪り続けるような、餓鬼道の生き地獄に落ちていたに違いない……そう思うとります。

月之介　……うむ……

音羽　そんな風になってしもたら、もう、わたしらは、人やおまへん。凍え切ったまま、決して癒されることのない渇きを抱えたまま、無明の暗闇をさまようだけの、ただの哀れな、餓鬼や……。いとしゅうて、いとしゅうてたまらんけれども、アホで哀しい、近松さんの物語の男や女子と同んなじや……。人は、そんな風になったらあかん。そんな風になったら、どんなにいとしゅうても、切のうても、生ける屍や。あげくの果ては、心中して死んでも同んなじことや。
　あたしも、月様も、あの時、そんな風には、なりとうなかった。そんな風になる以外に、生きる道がなかった……そう言い切る気持にはなれへんかったのと違いますやろか？
　もっと他に、幸せになる道があるかもしれへん。もっともっと、見極めなければならん何かが、この世にはある。そんな気がしていました……。いじきたない命根性が強すぎただけかもしれまへんけどな……（笑）。

月之介　そうかもしれん……（笑）。

音羽　今の世には、人の一生なんて、どないあがいてみても、しょせんこんなもんや、わてらの生まれたんも、わけのわからん前世のえにしから続いた、また、前の前の、そのまた前の、わてらには到底知ることもかなわんような、しょーもない浮き世のしがらみの積み重ねによって強いられた、いろんな因業の鎖の中でもがくだけの、いってみれば、悪い夢にうなされながら、ふわふわと泥水の流れの中を、塵芥のようにさまようだけの、哀れなさだめの落とし子でしかないいんやっていう、そんな諦めが、下々の者たちの間でははびこってます。

……かりそめのこの世、どうせ生きるなら、オモシロおかしく遊びまくって、笑いとばしてお茶にして、たまたまアホをやらかしまくった己れの悪業の因果の果てに、物見高い世間の見物人の満場の喝采とアホ面を目の当たりにしながら、しびれるほどに格好ええ、決めまくった芝居の啖呵のひとつも吐き捨てて、無上の極楽気分に酔いしれながら、磔でもいい、歌舞いた死にざまをさらしてみたい……そんな風に夢見てるお人が、このお江戸にも、この国の至る所にも、うようよしているんでござんすよ……

大坂を離れて諸国を転々とし、お江戸に流れついて、しがない身すぎ世すぎをしながら、お天道様には、テレ臭くってまともに顔向けもできやしない下々の日陰者と、久しく歳月を共にしてきたあたしには、それが、よう視えるんどす……

月之介　……おゆき殿……

音羽　でもね、月之介様、……それは、やっぱり、なんか違うんやないかなって、あたしは思うんどす……

　どんなに理不尽なおもいをしても、己れの身が情けのうなっても、この世を、しょせん無常のはかない浮き世と決めつけて、薄っぺらに見切ってしまう前に、もっともっと必死こいてどこまでも生き抜いて、心の眼をとぎすませて、この世の底の底を、しっかと見据えてみなあかん……そないな風におもうんどす。……目に視える、仮そめのこの世の上っ面やのうて、目には視えん〈闇〉の奥を、この世に宿りながらこの世を超えた、もうひとつの三千世界ちゅうもんを、ただの肉眼ではのうて、深く静まり返った湖のような、心のまなこで、しっかと見つめなあかんのと、ちゃうやろか……

　そのもうひとつのこの世っちゅう奴を、この眼でしかと見とどけた上で、わたしらの生きてるこの悪業深い、偽りの濁世を超えた、人のホンマもんの幸せというもんを、追い求めてみたい……

　あたしはね、月様、あなたとお別れしてから、永い永い、悪夢のような恥多い年月をぼろぼろになってくぐり抜けていく中で、いつしか、トロいおつむで、そんなことを想う女になってしもたんどす……

月之介　……なんという、不思議な道程（どうてい）であろう……また奇（く）しきえにしであろう……

私もまた、あなたと同じ道を、異なったやり方で歩んできたようにおもいます……

おゆき殿、……われらは、ふたりとも、〈故郷（ふるさと）〉というものを、とうの昔に亡（な）くしてしまった者たちだ。

現世（うつしょ）の中の目に視える故郷から追われ、もうひとつの幻（まぼろし）の、本当の〈故郷（ふるさと）〉を求め続けて、密（ひそ）かに〈ひとり旅〉を続けてきた、「さすらい人（びと）」であった。〈旅人（たびびと）〉であった。

私もまた、久しき歳月（としつき）の間、あなたのいわれた「もうひとつのこの世」のかたちというものをみつめ続け、同時に、ありうべき「美しき世」の幻（まぼろし）を夢み続けてきた。

この現世（うつしょ）ではない「もうひとつの幻（まぼろし）の世」を求め続けることが、近松さんの物語の哀しい男女のような、〈死〉への、彼岸（ひがん）への〈道行（みちゆき）〉の旅路ではなく、人をして幸せならしめる道を解き明かす営みでありたい……私もまた、心から、そう念じてきました……

音羽　……はい……

月之介　その「もうひとつのこの世」は、檀家衆（だんかしゅう）の寄進（きしん）の上にあぐらをかきながら仏の道を説く、厚顔無恥（こうがんむち）な生臭坊主（なまぐさぼうず）どもの説教とも、また、儒学（じゅがく）や蘭学（らんがく）による「窮理（きゅうり）」の道を唱（とな）える、秀才の「学識の徒」の、こむずかしい、小賢しいリクツとも、まったく違うものだ。
　私は、たかだか三十名にも満たない塾生を抱えた、ささやかな私塾を営む、しがない市井の教師でしかありません。でも、数少ないが、浅からぬえにしをもって私の元に流れついてきた、有為の塾生たちに、未熟ながらも、自分なりのやり方で教授し、彼らと共に日々学び、反芻し、研鑽を積んできた陽明学の教えの真髄は、私にとっては、世のあらゆる儒者・学識の徒によって解されてきた学説とは、全く異なるものです。
　陽明学は、大塩平八郎様にゆかりのあなたもご存知のように、この国では、久しく異端の学とされてきた。しかし、私の手作りの「陽明学」は、異端の中にあっても、さらに輪をかけて「異端」だと、心中密かに自負しています（笑）。

音羽　はい（笑）……さぞ、月之介様らしい学問やろうなあ……と、目に浮かぶようです。

月之介　日々のささやかな暮らしを、久しき年月にわたって、不器用ながらも、己れの身丈に合うたやり方で懸命にくぐり抜け、もちこたえてきた中で、己が身体で一つひとつたしかめ、物わかりの悪い、鈍重な頭で考え抜き、試みては悔い改め、体得してきたものです。本当を言うと、「陽明学」だの何だのといった、看板そのものは、私にはどうでもよいのです。ただの「符丁」にすぎません。
　先ほどからのゆき殿のお言葉を、静かにお聴きしていると、そなたと私とは、お別れして以来、それぞれ、まるで異なった「娑婆世界」を歩み続けてきたのに、とどのつまりは、「同じ苦しみ」を共にし、幻の〈故郷〉を求め続けてさすらいながら、目に視えぬ「縁の糸」に操られて、ここまで辿り着いたのだと、……しみじみ、そう感じました。

めぐり逢うべくして、めぐり逢うたのですね……今宵、私たちは……

音羽　不思議なさだめどす……ホンマに。

月之介　それにしても、あなたは、よく生きておられた……

私は、江戸に来てから、昔の洗心洞のご門弟衆との書信のやりとりも完全に途絶え、大塩の乱の時には、伝え聞く虚実こもごもの噂以外に、何一つ手がかりを得ることができませんでした。

それがしにとって何よりの気がかりは、ゆき殿の生死でした……。微力ながら、江戸在住や上方の知人たちを通して、八方手を尽くして、そなたの消息を尋ね回った。生きていてほしい……ただ、ただ、その想いで胸がいっぱいで、あの当座は、食事もろくに喉を通らず、家族の生活は火の車だったが、働いておっても、寝ても覚めても、そなたのことばかり案じ、眠れぬ日が続いた……。気が狂いそうだった……

音羽　……月之介様……

月之介　でも、とうとう、おゆき殿の消息は、杳としてわからぬままだった……。ご主人の篤之進殿のことも、お亡くなりになったとの噂は耳にしたものの、確かなことは何一つわからなかった。

ただ、私には、おゆき殿がこの世におられぬとは、どうしても信じられなかった……

あなたもよくご存知のように、私は、元々、人の身の上を強いて尋ねたり、詮索(せんさく)したりすることを好まぬ性質(たち)です。だから、大坂におった時も、おゆき殿や篤之進殿のお身内や縁者の方々(かたがた)については、ほとんど何も存じ上げぬままでした。

音羽　……はい……

月之介　そのことが災(わざわ)いしてか、あの乱の後、洗心洞関係者の方々(かたがた)を手づるに、おゆき殿の消息を探ろうにも、ほとんどろくな手がかりは得られませんでした。

なにしろ、洗心洞時代の私の知友は、ほとんど、大塩の乱で亡くなっておったし、稀(まれ)に、彼らの知人や親族の人たちに「生死不明の者」の消息を尋ねることができた時も、おそらくトバッチリをこうむるのを怖れてのことでしょうが、ほとんど何も、確かなことは教えてもらえませせなんだ……。ただ唯一の救いは、どの関係者の筋からも、おゆき殿が亡くなったという証(あか)しや噂は聞かずに済んだことです……

音羽　……それは、本当に、幸いなことでございました……

月之介　ひとつ、それがしにとって気がかりでならなかったのは、ゆき殿の消息についてのそれがしの問いかけに対して、二、三の人たちが、なにか、忌まわしいものについて触れるかのような、不快であいまいな言い回しをされたことだった……

音羽　どのようなことを申されたのです？

月之介　言いにくいことだが、……ゆき殿が、夫や一族の者たちの顔に泥を塗った、不孝者・不義者であるとか……

音羽　おおかた、そんなところでございましょう……

あたしは、先にも申し上げました通り、本当は、あの乱の時、ご一党の同志の方々のご妻女と同様に、夫の篤之進に添い遂げて、自害するつもりでした。

でも、……どうしても、死ねなかったんです。

あたしは、篤之進を心から尊敬していました。平八郎様のお考えと志に心から傾倒し、この世の不義・不正を限りなく憎み、美しき世を夢みて、死に急ぎ、相果てました。

その、一点の私心も無い、混じりっけのない夫の〈誠〉は、あたしにとって、近松さんの心中した男や女子たちと同じように、切のうて、まぶしくて、いとおしいものでした。

月之介様とお別れしてからのあたしにとって、篤之進の、理想に殉じる〈誠〉の心は、その死を決意した赤心は、何もかも捨て去って月様と添い遂げようと灼けつくような想いで悶え苦しんでいた頃の、あたしの姿を想い出させるものがありました。

ですから、夫が処刑された時、あたしも、何もかも捨てて、裸のあたしに立ち戻って、浄土への死出の旅路を共にしようと、改めて決意したんどす。

でも、……いざ、自害の間際になって、あたしの心を繰り返し、繰り返しよぎって止まない幻がありました。

それが、……それが他でもない、月之介様、あなたの面影やったんどす……

月之介　……ゆき殿……

音羽　あなたの消えた笑顔が、あの、なつかしい優しいお貌が、お目の色が、どうしても、あたしをとらえて放さないんです……

「死んだらあかーん！　死んだらあかーん！」って、胸の深い深い底から、呼ばはりますねん……

そうおもたら、もう、死ねんようになってしもて……

おかげで、生き恥さらして、這いつくばって、シンドイおもいばっかしして、今日まで、こうして生きてきましたんどす……

こうなったら、もう、月之介様にお逢いするまでは、絶対死ねへん！

地の果てまで探し求めてでも、あなたを見つけ出し、つかまえたる！

そうおもたんどす（笑）。業の深い、怖い女子どっしゃろ……（笑）。

月之介　ご実家の方は、いかがなされた？

音羽　夫と兄の処刑の直後、父も母も、兄嫁も、後を追うて自害し、一家は、皆、散りぢりになってしまいました。姑である篤之進の老母も、後を追いました。摂津に住む親類・縁者を別とすれば、この世に生き残ったのは、あたし一人だけどす。

連坐のとばっちりを怖れた親戚の者たちや知り合いは、皆、掌を返したように、あたしへの縁を断ち切ってしまいました。

無理もござんせん。夫や親兄弟の後を追うでもなく、一人おめおめと生き恥をさらしているのですもの……。親兄弟と夫の弔いは、内密でやってやるから、この上方の地から一日も早く失せろ、どこへなと落ち延びてしまえ……それが、親類・縁者の方々が、忌まわしいあたしに吐き捨てるように言い残した、最後の別れの言葉どした。

どんなに忌まわしくとも、弔いだけは出してやらんと、死んだ者の未練の怨みが残って祟るさかい、弔いだけはしたる。そやけど、金輪際、わしらの前にその面みせるな……そう言われました。

月之介　……さようでござったか……

しかし、……しかし、おゆき殿、よう……、本当によう生き抜いてこられた。

よう、越えてこられた……

音羽　月之介様、あたしは、……このあたしは、今では、もう過去のおゆきではないのですよ。

あの、上方(かみがた)なまりの、さみしがりやの、甘えん坊の、気の強いくせに弱虫の、あのうぶな愛らしい娘ではないのですよ……

過去を捨て、係累(けいるい)を捨て、この世の一切の掟(おきて)を捨てて〈闇〉に生きる、スレっからしの、ふてぶてしい江戸なまりの大姐御(おおあねご)「音羽」でござんすのさ。

月之介　……ゆき殿……

音羽　篤之進や洗心洞のご門弟衆や親兄弟と共に生きていた、あの、けなげなお嬢さま育ちの「ゆき」では、ありゃしません。

とうの昔に、死んで生まれ変わった女子(おなご)どす。

でも、今もあたしの胸の内には、篤之進や平八郎様やご門弟衆の、烈火のごとき天の怒りの心が、決して癒(いや)されることのない、たとえようもない、この世への哀しみの心が、息づいていいます。

それだけは、過去の一切を忘れ捨てて、人の世の外に出た〈異形(いぎょう)〉の者と成り果てても、あたしの中にいつまでも生き続けていくんやないかと、おもうとります……

でも、篤之進は、あたしのことを、あたしという生身の女のことを、ただの一度もきちんとまともに視てくれたことはありませんでした。

篤之進の眼は、いつも、同志たちと共に、平八郎様の夢を追って、彼岸の美しき世に想い焦がれて、ひたすら遠くを視ていました。

あたしは、さみしかった……

月之介様と別れてから、はじめて、あたしは、本当は何を喪ったのかを、身体で痛みと共にわかったんやと思います。漠とした、言葉ではようつかまえ切れんような何かどしたけどな……


月之介　おゆき殿……いや、これからは、音羽さんと呼ぶことにいたそう。

音羽さん……私は、過去のそなたの面影を忘れ去り、ひたすら、そなたから逃げようと、もがきにもがき抜いて生きてきた。

しかし、とうとう、一度たりとも、そなたのことを忘れることはできなかった……

私が忘れようとすればするほど、そなたは、苦しい夢となって、私の眠りの中に忍び込んできた。あるいはまた、しんしんと静まり返る、夜半の眠れぬひと刻に、幾度も幾度も立ち顕われては、私に無言で何ごとかを問いかけ、哀しげなまなこで私を責め、追い続けてきた……

私は、この十年の間、繰り返し、繰り返し、そなたとの「めぐり逢い」のさだめについて、想いをめぐらしてきた。

そこには、ありきたりの「リクツ」では到底説明のつかぬ、何かがあった。

目に視える、仮そめのこの世の仕組や因果や学問の窮理なんかじゃあ、どうにも手に負えねえものがある。娑婆世界の仕組・しきたりや、〈知識〉という小賢しい「ヘリクツ」って奴をいくら持ち出してみせても、到底歯の立たねえ、なにか目に視えねえ、もうひとつの、とんでもねえ凄え世界が、この世の奥には潜んでいるって、思わずにゃいられなかった。

摩訶不思議な、霊妙な〈闇〉の気配に包まれた「もうひとつのこの世」って奴が、たしかに息づいているって、ね……

どんなに離ればなれになっても、そいつは、あたしたちを、目に視えねえ「えにしの糸」って奴で、つなぎ止めて、離さなかった……

今なら、それがよく視える。

私は、その闇の気配を、その目に視えぬ「もうひとつのこの世」の内にうごめいておる、なにかとてつもなく巨きな力を、はからいの流れという奴を、あなたとめぐり逢えた今、改めてひしひしと感じている……畏れながら、ふるえながらも、この身の内に、たしかに感じておるのです。

音羽　月之介様……わたくしも、たしかに。

月之介　音羽さん、私は、この知られざる、目に視えぬ巨きなはからいの流れの中に、ふるえるようなおもいで、己が身を賭けてみたい、飛び込んでみたい……信じ、祈りながら、見通しのきかない一寸先は闇の、〈未知〉の暮らしを、ひたむきに生きてみたい。

あなたと共に、そして家族と共に。

それが、たとえ世間様の掟や通念って奴にどんなに抗うものであろうとも、そんなことは問題じゃねえ……とあたしは思う。

そのように生き抜くことが、われらの生きておる今の世にとって、いかにささやかな出来事であろうとも、新たな、良き流れを創り出し、われらを、幸せな、良き岸辺へと導いてくれることを信じてみたいのだ。

音羽　月様……わたくしは、さっき「とうの昔に死んで、生まれ変わった女子や」と口にしましたけど、ホンマは、……まだ「生まれ変わって」はおりまへんでしたのや……

月之介様とめぐり逢うて、もう一度人生の仕切り直しをして、覚悟を新たにして、あなたと一緒に「生き直す」ことができるようになって、はじめて生まれ変わった音羽姐さんになれますのや……

あなたなしで生きてきた今までのあたしは、「まだ生まれない人」の姿をした、〈半身〉

のわたししか生きてこなかった女子（おなご）どす……。つらいこと・哀（かな）しいことも、嬉（うれ）しいことも、
仰山（ぎょうさん）ありましたけどな……

月之介　それは、この私とて同じだった。今は、それが、よくわかる……
しかし、音羽殿、同時に、われらは、旅人としてめぐり逢うこともかなわず、あてどもなく「さすらい続けていた」あのはるかなる歳月（としつき）においても、本当は、同じ〈故郷（ふるさと）〉を求め続けて、人知れず「声なき声」を呼び交（か）わしてきた同朋（どうぼう）の旅人、道を共にする同行者（どうぎょうしゃ）であったのではあるまいか。
目に視えぬところで、「えにしの糸」に導かれながら、やはり、共に生きてまいったのではなかろうか……私には、今、しみじみとそうおもえるのです。

音羽　ほんまどすな……ほんまに、振り返れば、あたしも、そない思います……
月之介様………

月之介　いかが、なされた……

音羽　改めて、生まれ変わった、ひとりの女子（おなご）である「音羽」として、言わせて下さい。
どうか、末永（すえなご）う、お頼（たの）申します………

月之介　こちらこそ、末永（すえなご）う………

第二幕　秋江

（2）第一場　天保十四年（一八四三）・晩秋〔陰暦・閏九月〕

浅草の河井月之介宅。（庭先に面した月之介の書斎と縁側にて。）
午後・やや陽ざしの傾いた頃から、日が暮れて灯りがともる宵まで。

縁側に腰かけている月之介と、その傍に正座する秋江。
最初は月之介ひとりだけ。まもなく、秋江が茶をもって来て、座る。

……

秋江　先ほどから、ずいぶんと、お庭の方ばかり、飽かず眺めておいでのようでしたけど

月之介　いや、……庭ばかりでもない。空を見上げていた……
秋も深まると、ひよどりやもずの声が、ひときわ鋭く、猛々しく響くものよの。
秋は、本当に、空が高い。冬の迫った晩秋の頃合にもなると、ひときわ冴えざえとした

冷気に包まれるせいか、物の輪郭が一段と鮮やかになり、陰翳が細やかで深みを増す。
草花や木々も、空の色も、風の匂いも、怖ろしいほどに、澄み切っておる……
先ほど、ホオジロの透きとおるような美しい鳴き声を耳にしたが、四十雀のように、春から可愛いさえずりを聴かせてくれる、お馴染みの鳥でも、この季節にうたうと、格別に胸に沁みる。

秋江　（くすっと笑いながら）あなたは、秋のお生まれでしたから、この季節が特にお好きなのかもしれませんね……。わたくしなどは、本当は、真冬の生まれなのに、父が、さる絵師の方が描かれた秋の大河の絵をやたらに好んで、秋江という名をつけてしまわれたのですから、この季節になると、なにか妙な気分になってしまいますわ……
わたくしも秋は嫌いではありませんけど、本当を言うと、晩秋の今の候は、わたくしには少々寂しすぎて、冷たすぎて、……というか、人を寄せつけない険しさのようなものがあって、苦手なところがありますわ……

月之介　……そうかもしれんの。
わしの性分の中に潜んでおる、寂しい、どうにも人好きのしない、険しいところも、この季節に培われた、幼き頃の心の風景に根ざしたものかもしれぬ……

秋江　（笑いながら）いえ、いえ、……そんなつもりで申し上げたのではありませんよ。あなたは、とても人なつこいところをおもちですし、優しいお方であることは、もちろんわたくし、わかりすぎるほどわかっていますけど、……心ある方は、どなたも、皆、そのことを、感じていらっしゃると思いますけど、……ただ、……

月之介　（にっこりしながら）ただ……なんじゃ？

秋江　とてつもないほどの、「さみしがりや」さんなのです……

月之介　いつも満たされぬ貌つきをした、「だだっ子」とでもいうのか？

秋江　……そう。

月之介　図星かもしれんの……

秋江　あなたは、とても優しいのですけど、……でも、冷たい人でもありますわ………あなたのお心の中には、昔から、決して人を寄せつけないような、暗く険しい、でも透きとおったなにかがあります……ちょうど、冴えざえとした秋の夕暮れ時のような……わたくしは、あなたのそんな寂しげな、でも涼しげな謎めいたところが、少々怖くもございましたけれども、でも好きでした……

できることなら、あなたのその心の闇のような世界に近づき、あなたとその風景を分かち合い、寄り添っていきたい……そう希っておりました。

月之介　そなたのその想いは、……昔から、私も感じてきた。

秋江　でも、……とうとう、それはかないませなんだ……

ここで、ふたりとも縁側から離れて、書斎の方に移る。次第に夕焼け空となり、夕闇が迫ってくる庭先に時折目をやりながら、対話が続く。

月之介　私は、そなたに、幼き頃より私の心の奥底に巣くっておる闇の世界に、決して染まってほしくなかった……
その風景を私と共に分かち合うことは、そなたの中の、損なわれてはならぬ、ある美しきもの、良きものを、どうしようもなく痛めつけ、損ねてしまうことになるのだ。私には、そのことがわかっておったし、なんとしても、それだけは守り抜かねばならなかった……
それは、私にとっては、これまでの十八年に及ぶそなたとの暮らしを支えてきた、かけがえのないものなのだ……ふたりで、京子を育て、守り抜いてきた上でも、だ。

秋江　……はい。

月之介　覚えておろう……私が、二十三の歳、初めて、伊勢の津にあったそなたのご実家で、そなたとめぐり逢うた時のことを……

秋江　はい…。あの時、あなたは、本居宣長先生の門人で、先生と同じく医師でもあった父の主宰する、「国学」のお仲間のお一人ということで、古書講読と和歌の集まりに参加なされておられました。……でも、……随分と、毛色の違うお方がおられること、……と内心いぶかしく思いましたわ（笑）、あの時は……

月之介　さも、あろう……（笑）。

秋江　父をはじめ、本居門下の方々は、皆、お上品な学者や歌人の方々ばかりでしたのに……

月之介　わしだけは、むさい、野人の匂いがふんぷん、であったか？（笑）

秋江　いいえ、いいえ、……とても端正な、もの静かなお方だと思いましたわ。
ただ、……なんというか、……皆様、ほんとに、ただの普通の、まっとうな方々なのに、あなただけは、どこまでも深く静まり返っておられて、全く匂いが違うのですもの。

月之介　…匂いが違う？…

秋江　はい……。決して、陰気だとか、あらぬ方を想って、もの思いに耽り、遠い目をしておられるとか、いうのでもなく……物をきちんと視ておいでなのに、この現世の時の流れとは異なった、なにか全く別の世界の気配に耳をお澄ましになっておられるような風情で、一座の方々の声に耳を傾けられ、古書の本文に目を走らせ、歌をお詠みになっておられたのが、昨日のことのように、なつかしく想い出されますわ……

月之介　……ほう……

秋江　ただ、お若いのに、決して老成しているというわけではないのに、時折、ふっと、なんともいえぬ哀しげな、お疲れになられたような、うち沈んだお目の色になられることがあって、気がかりでした……

ご自分の講読の番になられると、うって変わって、それはもう、背筋に一本ぴんと鉄の棒が入ったように、もの静かな表情なのに、鋭い、気迫のこもったお声で、淡々と、でも熱い息づかいで『古事記伝』の本文をお読みになっておられたお姿が、瞼に焼き付いています……

月之介　いやはや、……まことに、私のことを、最初っから、よく視ていてくれたものよ……呆れるやら、気恥ずかしいやら、……そなたも、しみじみ怖いお人よの……（笑）。じゃがの……。わしは、初めてそなたに逢うた時、そなたがわしのどこか浮き世離れしたところを視ておったのとはまさしく正反対に、そなたの中に、初めて、この現世で、いささかも世の汚れに染まっておらぬ、まっとうな温かい女性にめぐり逢うたという、不思議な感覚に包まれたのだ……。世間知らずのお嬢様、という意味ではない。

そうではなく、何の警戒心もおびえもなく、人を信ずることのできるということが、どれほどむつかしいことであり、また、得がたい資質であるか、を私はいいたいのだ……

今の世では、素朴な、人里離れた村か山中ならともかく、町中や商い・交通の盛んな諸国在郷の村々では、そんな美しき人たちは、もうほとんど見当たらぬ、といってよかろう……

十返舎一九の『東海道中膝栗毛』っていう、ここ何十年も世の中にもてはやされてきた、例の弥次・喜多二人組の道中漫遊記を知っておろう。

秋江　はい……

月之介　出てくるのは、どいつもこいつも、損得勘定ばっかりの奴らで、おまけに、やたらなれなれしいったら、ない。無二の親友面した奴らが、平気の平左で、お互いを利用し合い、ダマしっこし、バレたらバレたで、人生・世の中そんなもんだと居直ってやがる。まったく、油断もスキもありゃしねえ。ひでえ世の中だ……

秋江　……まあ、まあ、……キツイおっしゃりようなこと！

月之介　ところが、俺のように考えると、世の人々からは、なんて不粋な奴なんだ、と呆れられる。いい歳して、ガキじゃあるめいし、ちったあ大人になれやって、ため息をつかれる。

秋江　……ホホホ……そうかもしれませんわね……（笑）。

月之介　そりゃあ、人間なんて、所詮いい加減な生き物なんだし、いちいち人の弱点に目くじら立てていたんじゃあ、身がもたねえ、……ていうリクツもよくわかる。

目先の損得勘定や、妬み心や、人付き合いに見返りを求めてやまぬ、さもしい下心にふり回されて、浮いたり沈んだりしている連中が、この世にはごまんといる。おまけに、世間様って奴に後ろ指さされねえように、体面ばかりをとりつくろってる。そんな、しみったれた奴らばっかりには違えねえ……

だが、だからといって、人の性なんて、所詮そんなもんだって、割り切ってしまえねえような、なんとも物わかりの悪い、スネ者の俺が、昔っから、不機嫌の虫みてえに、どんと腰を据えちまっているんだ……。こればっかりは、どうしようもねえ…。他人様がどうあろうと、俺自身は、そんな風には生きたくねえ、って叫ぶ俺がいるんだ。

秋江　よく存じ上げてますよ……。でなけりゃ、……あなたみたいな人と、誰が連れ合うて生きてゆけるものですか……（笑）。

月之介　そなたも存じておるように、わしだって、これでも昔は、いささか宮仕えなるものをしたことはある。父上が伊勢・藤堂家の郡奉行であったから、そのってで藩の普請方、ついで勘定方に出仕したことはあった。

だが、武家のしきたりや付き合い・人脈なんてものが、どうしたって肌に合わねえ。

なにしろ、おそろしく感じやすくて、傷つきやすい上に、めんどくさくなると、すぐ引きこもっちまう。たまに、やる気が起きるような、まっとうな仕事をやれる段になると、根回しだの、裏取り引きだの、利害得失のかけ引きだの、…下らねえことで、さんざっぱら、やり切れねえ思いをさせられたあげくに、本末がひっくり返ったことしか実らねえ……責任逃れの口実ばかり探している手合いがごろごろ、ときてる……

そなたと知り合うた頃は、勘定方におったが、融通のきかぬ意固地な偏屈者、付き合いの悪い、陰気な妾腹の日影者、繊弱な女子のような奴、……などと、同僚・上役からは、それはもう、ひどい言われようで、すっかり、閑職に追いやられておったの……親父からは、すっかり呆れられ、ほとんど見捨てられておったわ……アハハ（笑）。

秋江　ええ、ええ（笑）……ようく、覚えておりますわ。
お侍としての出世の見込みなんぞ、まるっきりなくて、藩のお侍の方々の家からは、誰も嫁の来手がないそうじゃ……と、父が笑いながら話してくれましたが、それでも父は、なぜか、あなたのことが気に入って、わたくしにも引き合わせてくれたのです。

月之介　さようであったの……（笑）。
面白くないので、早くから学問や詩歌、それに、いにしえの物語の類から、当世風の読本・戯作などの世界に、どっぷりと浸っておったわ……
といっても、幕府や藩のお勧めの朱子学って奴は、説教臭くってうんざりだったし、漢土・唐土の訓古学ばかりに精出して、外つ国の学説の尻馬ばっかり追いかけてる「古文辞学」も、いただけねえ。当節流行の蘭学も、ぞっとしねえ。

本居さんの国学も、外つ国の「漢意」はいけねえ、大和心の「真心」でなきゃあ、とかいいながら、『古事記』や『万葉』、『祝詞』をはじめ、諸々の神道関係の古書・文献のいうことを真に受けて、けっこう、身勝手な注釈を与えてる。

うさん臭いところは、儒学といい勝負なんだが、ただ、「すべて世の中にいきとしいける物はみな情あり。情あれば物にふれて必ず思ふ事あり。このゆゑにいきとしいけるもの、みな歌ある也」とか、けっこう、いいことも言ってる……

秋江　……はい（笑）……そうですわね……

月之介　要するに、物にとらわれねえで、つまらねえ学のヘリクツなんか蹴飛ばして、素直に、繊細に、己れの身体で、感覚で自ずと感じ取ったことをもとに、己れの目で、人の世のありのままの姿を視るのが肝心だ、ってことだ。

そして、哀しいことも、嬉しいことも、苦しいことも、愉しいことも、己れに正直に受け容れて、みつめて、形を与えてやること……

己れの心の本当の〈渇き〉のありかって奴を、澄んだまなこで、あるがままにみつめてやること……それが、大切な心ばえなのだ、と私は解していた。

秋江　……はい……

月之介　和歌や『源氏物語』も好きだったし、歌心を重んずる姿勢も、「もののあわれを知るのを『真心』という」って考え方も、気に入っておったからの。

だから、本居学にも、しばらく打ち込んでみたんだ。

もっとも、詩歌の方は、今もってさっぱり物にならぬわ…そなたの足元にも及ばぬ始末じゃ（笑）。


秋江　ホホホ……（笑）。その方が、月之介様らしくて、良いのです。

あなたは感じやすいお方ですけど、すぐに物事を醒めた眼でふり返られて、深くお考えになられる性質ですから、感興のおもむくままに歌われることが苦手なのです。

かといって、わざとらしく感情を細工なされるのも、面倒なのでございましょう？


月之介　図星じゃ……。どうあがいても、自らは歌えぬ性質とみゆる。

おかげで、鬱々と気持が内にこもってしまって、やり切れぬわ……

しかし、人の歌うのを聞くのは好きだ……和歌でも、浄瑠璃でも……

おもえば、そなたの和歌の腕前には、大坂の洗心洞時代も、京の都におった時も、江戸に流れ着いてからも、随分と助けてもろうたの。

ぽつりぽつりではあったが、町人の好学の士やその妻女たちに、そなたは、よう根気よく、手ほどきをしてさし上げたものだった……。そなたの噂を耳にして入門した者たちも、少しずつ増えていった。

わしも、あちこちの塾でかけ持ちをしながら、儒学・国学を教えて、糧を得ようと努めてきたが、大坂や京に居た頃は、己れが学ぶのに必死で、なかなか、働いてばかりというわけにもいかなかった。

そなたが、縫い物の内職や寺子屋の師匠、それに和歌の指南をしてくれなんだら、とても、お京を育てながら、家族三人やっていくことはできなんだ……


秋江　……いえ、いえ、……わたくしの稼ぎなど、本当にタカが知れてましたわ。

なんといっても、あなたが、独特の、あなたならではの工夫によって編み出された教授法によって、多くの塾生の方々に、魅力ある講義を続けてこられたからです。だからこそ、食べてこられたのです。

でも、あなたのお嫌いな朱子学の講義が中心でしたから、いつも不本意な、つらそうなお顔をなさっておられましたわ……

月之介　…ああ、…そうじゃったの……
いつの日か、己れの独自の「陽明学」に立った、己れの意にかなう教育をしてみたいと、夢み続けてきた。

また、己れの想いを、納得のゆく形で、文にもしたためてみたいと希ってきた。

秋江　……はい……

月之介　八年前に江戸へ来てからは、ようやく、自分なりの私塾教師としての心がまえと志もでき、四年前からは、この浅草に、運の良いことに、これだけの分不相応な家付きの地所も借りることができて、今に至っておるが、その前の四年間の、市ヶ谷と本郷・駒込の時代は、つらかった。ことに、江戸に出てからの最初の三年は、散々だった。

陽明学などという、「異端の学」の不穏な匂いが災いしたこともあったし、わしの学者らしからぬ偏屈な性分と教え方のせいで、看板は掲げたものの、さっぱり塾生が来てくれなんだの……。大飢饉の年は惨憺たるものだったし、メザシと豆腐ばっかりの暮らしだったこともあった…。豆腐にありつける時は、まだ、ましな方じゃったが……

秋江　そうでしたわ……あの頃は、本当につろうございました。

月之介　今でこそ、毎年塾生が入れ替わっても、ほぼ三十名足らずの、志ある有為の学生たちが、わしの悪名にひかれて、やって来てくれるようになったがの……（笑）。

秋江　なにせ、あなたは、三十歳の天保二年の年に、突然、勝手に脱藩されてしまい、お父様からは勘当になるし、わたくしの方も、大坂に行ってからは、実家の父とはすっかり疎遠になってしまいました。江戸に来てからの最初の二年ほどは、ほとんど長屋住まいで、あなたが、他の私塾でお知り合いになった方々（かたがた）のってで、ぽつりぽつりと塾生の方（かた）を連れてこられて、ほとんど家庭教師でしたわ……

　さすがのわたくしも、たまりかねて、伊勢の父に無理を申して、金子（きんす）を用立ててもらうしかありませんでした。


月之介　そう、そう……

　お父上には、ようお世話になった……

いまだに借財を返し切っておらぬし、ご心配ばかりおかけし、ありがたく、また心苦しくおもうておる。


秋江　でもね……、父は、あなたが国学をお捨てになって異端の陽明学に移られ、おまけに大塩様ゆかりの大坂に行ってしまわれた後（あと）も、当惑（とうわく）と憤（いきどお）りはなかなか収まりませんでしたけど、本当は、あなたのことをとても気にかけておられたのですよ。

　あなたやわたくしのことばかりでなく、もちろん京子（きょうこ）のことも、それはもう、夜も寝られぬほどに心配しておりました……

　何度も、わたくしに、お京を引き取ると申してまいったのですが、わたくしは、そのつど断りつづけてきました。わたくし、あなたに余計なご心労をおかけしたくなかったので、これまで口にするのを控（ひか）えておりましたけど……

月之介　無理もない……妾腹の子で、冷や飯ぐらいの落ちこぼれ藩士とは申しても、なんといっても「藩士」という身分があり、おまけに、国学への熱意をもっておる「同学の士」ということで、ある意味で私の人柄を信じて下さっていた父上の、それも大切な秘蔵っ子の一人娘であるそなたを連れ去って、勝手に脱藩し、国元を出奔してしまったのだからの……

私の生涯の分かれ道となる一大決心であったとはいえ、父上から視れば、不義者に等しき裏切り行為に映るのも、やむをえまい、と覚悟を決めておった……

秋江　はい……

わたくしも、あなたのお志とお気持の堅固であられることを、信じていました。

何の迷いも、ありませんでした……あの時。

月之介　私が、本居殿や平田篤胤殿の国学の「皇国の志」なるものに、どうにもやり切れない、うつろで飽き足らぬものをおぼえ、苦しんでおった時に、ひと筋の光のように、真っ直ぐに私の心の奥深くまで射し込んできたものが、大塩平八郎殿の陽明学の言の葉であった。

私は、藤堂藩の儒者であった大塩殿の親友・平松楽斎殿を通して、初めて、このお方の言霊の力とお人柄とを伝え聞き、己が身の内の奥深くから、炎のごとき熱き想いが衝き上げてくるのをおぼえた。

おもえば、まことに恐るべき、運命的な出逢いであった……

私は、すでに二十九歳になっておった…そなたは二十四歳、京子は、まだ六つだった
……

無為（むい）に過ごしてきた己れのこれまでの人生をやり直してみたかった。

この河井月之介という男が、どこまで地（ち）を這（は）いながら、同時に「天翔（あまが）ける」ことができるか……そいつを試してみたかった、是（ぜ）が非（ひ）でも。

秋江　……はい。

月之介　わしは妾腹の子だ。生みの母も、もはやこの世にはいない。父の姓はもらったが、幸い、家は継がずに済んでおる。河井家に、何の未練も、後腐（あとくさ）れもない。

ただ、心が痛んでならなかったのは、そなたの父上・母上のことだけだった。

しかし、…あの時、決心しなければ、二度と再び機縁は訪れないような悲壮なおもいが、わしにはあった。

秋江　……はい。

月之介　平松殿のつてで大塩殿に紹介状を書いてもらい、藤堂藩を脱藩して大坂に向かったのが天保二年の春。以来三年間、あの大飢饉が始まりかかった天保四年までの間、わしは、

大坂で、それこそ生まれ変わったような気になって、死に物狂いで、平八郎様の陽明学にほとんど寝食を忘れるほどに打ち込んだ。

秋江　……はい。つらいことも、もちろんございましたけれど、……でも、熱い、張り合いのある日々でございました。

あなたは、ほんとに、あの時、わたくしにとって、誰よりも輝いておられた……

一家三人、楽しい日々でございました……

月之介　だがの、秋江……

私の大坂時代の、あの烈しい精進の日々の源は、実は、すべて、そなたとめぐり逢う前からの、幼き頃より十代・二十代にかけての、己れの育ち来たった、さみしくつらい、ひとりぼっちの日々にあったのだ……

外側からは、何不自由ない、侍の小倅に視えたかもしれぬがの……

秋江　……はい……

月之介　私は、繊弱な、物に感じやすい子だった。ひでえ喘息もちだった。何度もそのために死にかかった。私の下に、母には、父との間に、四人の子ができたが、すべて死んだ。水子であったり、病であったりだったが。

己れに、なにか、生きる上で必要な力が、とてつもなく欠落しているような感覚が、いつも付きまとっていた……

成長すればするほど、そのおもいは強くなっていった。

大人になって、藩士として出仕するようになってからも、「生き難い」っておもいは、一向になくならねえ……

何度も己れをだまして、同僚や友人・知人を見習って、孝行息子を演じて、皆に褒められて、認められて、頼りにされて、けなげに出世街道を突っ走る模範的な藩士になろうとはしてみたんだが、さっきも言ったように、てんでうまくいきゃしねえ……

そんならそれで、適当に後ろ指さされねえ程度に世間様に調子合わせながら、付き合って得する奴をよく目利きした上で、お互い、「魚心あれば水心あり」って奴で、甘い汁を吸えるように、せいぜい算段しつつ、オモシロ可笑しく世渡りをしていくのが、しょせん、一生っていう、はかない浮き世の夢物語ってもんだ……て、割り切ってみせるのが、当世風の、まっとうな、野暮じゃねえ「大人」の生きざまってもんらしいが、俺は、どうしたって、そんな風には、生きられやしねえ……

秋江　……はい……

月之介　己れの生きる力が、人並みどころか、ことさらに弱い、欠落しているっておもえればおもえるほど、……逆に、俺の中には、目一杯、不器用で、真っ正直で、子どものような心根をもった、アマノジャクの、「だだっ子」のような俺が、狂おしいほどに頭をもたげてくるんだ……何をやらかすかわからねえ、そいつの、混じりっけのねえ〈渇き〉に、敢えて、物を考え、学び、言葉を与えてきた「大人」である俺自身の〈分別〉って奴を使いこなすことで、きちんと形を与え、「梶取り」をしてみせたいんだ。

今の世の中に、ごまんとうごめいてる大人どものようには、流されたくないし、生きたくはねえ……

秋江さん……あんたは、そんな、俺の知っている今の世の大人どもとは、ハナっから、まるで違ってたんだ。自身では、気づいておらなかったであろう？　……己れの類い希なる美質というものを。

秋江　ええ……。でも、あなたが、わたくしとの永い歳月をいとおしんで下さってきたこと、わたくしのなにかを、ひたすら守り抜こうとされてきたことは、わかっていました……いつも……

月之介　秋江さん、あんたは、本当に、温かかったんだ……俺を素直に信じてくれたんだ。初めて出逢ってから今に至るまで、変わらずそなたは、本当に至らない、ムザンな夫であるこの月之介を信じてくれておる……そなたにどんなに裏切りと恨まれても仕方ないほどの、つらいおもいをなめさせてきたこともあったのに……

それが、どんなにむつかしいことであるか、そなたが、どんなにいろいろの試練をくぐり抜けてきたか、……私は、誰よりもよく知っているつもりだ。

秋江　……あなた……もう、おっしゃらないで……

月之介　だが、そなたばかりではない。この私も、……そして、ゆき殿も、くぐり抜けてきたのだ……。皆、さまざまな深傷（ふかで）を負うての……

秋江　あなたが、わたくしを捨てず、わたくしとの暮らしを守り抜こうとされてきたこと、そして、ふたりで京子を育ててきたことの重さを、わたくしも、この十八年の間、とりわけ、江戸に出てからのこの八年の歳月の間に、何度も繰り返し、たしかめようとしてまいりました。

胸の内に秘してはきましたけれど、正直に申し上げれば、わたくし、何度も、あなたから去り状（さりじょう）を頂こうと思ったことがあります。

でも……結局、どうしても、できませんでした。

だって、……あなたの全くおられない暮らしなんて、……とても、考えられないのですもの……

月之介　それは、秋江……私とて、同じだった。

秋江　でも、わたくしは、あなたの心の闇に近づくことはできても、その風景を、本当にあなたと二人だけで分かち合うことは、できなかったのです。


月之介　私は、そなたの中にも、そなたの闇があることを知っていた。

私の秘められた心の内を見抜く時の、そなたの眼光の鋭さを、私も、しばしば感じてまいったし、それが、そのまま、そなたの心の渇き、心の闇につながっておることも、よくわきまえておる。私は、私なりのまなざしと想いを通して、そなたのその闇を、ひっそりと見守り続けることもできるし、これまでもそうしてきたつもりだ。

だがの、……秋江。

秋江　……はい。

月之介　先にも申したように、私は、そなたが、私の心の闇に染まることを望まなかった。今も、望んではおらぬ……

私の深奥(しんおう)に秘められた闇の風景は、そなたが思い込んでいるものとは違う。はるかに、寂しく、哀しく、……怖ろしいものなのだ。

だが、同時に、…限りなく透(す)きとおっており、限りなく美しくもあり、私自身にとっては、幻(まぼろし)の母の胎内(たいない)のごとく、なつかしく、温かいものでもあるのだ……

それは、そなたが私に与えてくれている温かさとは、また別のものなのだ。

通じるところもあり、また、重なるところさえもあるのだが、しかし、水と火のように、月と日のように、はっきりとした違いがある……

秋江、人は皆、水火、日月の双方を己が魂の内に有し、その均衡をとることではじめて、一生の真の物語というものを織り上げ、うつろではない、充溢した生きざまを貫くことができる。真の幸いを得ることができる、と私は考えておる。

秋江　……はい……

月之介　ただ、その〈均衡〉のあり方は、人の資質に応じて、さまざまな形をとりうる。

そなたの汚れなき温かさの発露と、そなたなりの心の闇への傾斜のあり方も、そのような均衡のしからしめるものなのだ。

しかし、それは、私の中の〈均衡〉のそれとは、いささか、方向と質とを異にしておる。

私がそなたと分かち合いたいもの、守り抜きたいものは、そなたが私に示してくれてきた、かけがえのない〈温かさ〉であり、また、私がそなたに希ってやまないものは、そなたが私自身の闇の風景を私と分かち合うことではなく、そなたが、そなた自らの手で己が心の闇をいとおしみながら、それに形を与えつつ、あくまでも、そなたの温かさを大切にしていってほしいということだ。

そのためになら、私もささやかながら、力になりたいと思う……これまで通りに。

秋江　（涙ぐみながら）……あなた……

月之介　私自身の闇の風景を、私と分かち合おうと望むことは、そなたのかけがえのない温かさを、いたずらに損ねてしまうだけのことだ。私の陰（いん）の気（き）は、そなたが想っているよりも、はるかに烈しく、怖ろしいものなのだ。そなたの陽（よう）の気の温かさを、私の陰の気によって、濁らせてはならぬ。

そんなことをせずとも、そなたの和歌には、深く澄み切った、そなたなりの闇の世界が息づいておる。また、そなたの歌には、秘められた、そなたらしい、凛々（りり）しく烈しい気の流れも感じられる。

そなたは、そなたなりの美しき歌人（うたびと）の道を、必ず歩み続けることができる。紡（つむ）ぎ出すことができる。私は、その営みを、そっと見守り続けてゆきたい……

秋江　あなたが、あなた御自身の闇を分かち合うことのできる方は、ゆき殿だけなのですね……

月之介　それが、私のさだめなのだ……

秋江　わかっておりました……ずっと、ずっと昔から……本当は……

やっぱり、温かいけど、優しい人ですけど、……でも、冷たいお方ですね……あなたは。

（にっこりしながら）このお庭の秋の草花のようですわ……

この庭で育ててきた四季折々の草花や樹木は、そのほとんどが、わたくしの手で択（えら）び、栽培してきたものですけど、ただ、秋の草花や木だけは、あなたの択んでこられたものがほとんどです。

月之介　先ほども、ずっと一人で庭を歩きながら、飽かず眺めておった……

私は、桔梗・りんどう・菊・ススキ、それに南天といった植物たちが、大好きなのだ。

これらのつつましく端正な草花や木を、澄み切った秋空の下、やや陽の傾いた頃に、無心にみつめていると、私は、己れの心の濁りがすーっと洗い清められ、なんともいえぬ心地良い、落ち着いた気分になってゆく。

そして、己れにとって懐かしい、蕭条とした哀しみの色合を帯びた、あの透きとおった月の光に包まれた、〈水〉のような闇の気配に、ひとり立ち帰ってゆくのだ……風に運ばれるようにして。

秋江　そんな時、あなたは、あなた御自身の風景に、故郷に還られるように、ふと戻ってゆかれるのですね……

月之介　そうだ……

ほんの一時ではあるが、そこには、今も変わらぬ、時を超えた何かが、たしかに息づいておる。

秋江　そんな時のあなたは、とても、涼しげなお貌をなされておられますわ……

月之介　しかし、私は、そなたがお京と植えた萩（はぎ）や紫式部（むらさきしきぶ）も大好きだ。

白や薄紅色（うすべにいろ）の小さな花を咲かせながら、風に吹かれて、しなやかに揺れる萩の、なんとつつましやかで、優しい、温かな風情（ふぜい）であることか。

そしてまた、紫式部の、あの可愛（かわい）い丸い紫色の実の、なんと渋くて気品のある、艶（つや）やかな風情であることか。

柿の木は元からこの庭にあったものじゃが、そなたや京子と一緒に植えた金柑（きんかん）、柚子（ゆず）、山椒（さんしょう）なども、わしは好きだ。

姿・形も好ましいが、味覚もよい。金柑は皮が甘く、柚子の香の爽やかさは格別だし、山椒の実は、ぴりっとして、いずれも食材に欠かせぬ（笑）。

秋江　まあ、まあ……（笑）。

月之介　おもえば、そなたは、この庭を、本当に丹精（たんせい）して、美事に育て上げたものじゃ。
もちろん、野の鳥たちが運んできてくれた、思いがけぬ恵みの産物も、いくらか含めてのことだがの（笑）。

秋江　ええ……（笑）。実際、「あれ、いつのまに……。こんな植物あったかしら？」って思うこと、けっこうありましたよ……（笑）。
それがまた、最初にわたくしが想い描いていたお庭の風景のかたちとは違った方向に、わたくしを導いてくれるんです。
あなたのおっしゃる通り、この庭は、ほんとは、鳥たちとわたくしとの協同で育て上げたものですのよ（笑）。

月之介　ハハハ……。いや、いや……愉快じゃ。良きことではないか。

秋江　でもね……あなたもご存知のように、雑草の成長が凄いので、お庭の姿を保ってゆくのも、ほんと、大変なんですよ……

月之介　…うむ、そうじゃの……そなたの丹精の跡がしのばれる…苦労をかけるの……

秋江　その分、愉しみも大きいので、かまわないのです。

月之介　しかし、その丹精のおかげで、この庭は、まことに奥が深い……
四季の微妙な移ろいに応じて、その時々に花を咲かせる草木の姿はもとより、葉を落として蕭条と枯れた樹木のたたずまいや常緑の木々の表情も含めて、この庭を包み込む風景全体が、まことに情趣に富んだ、繊細な貌つきと息づかいをもって、私に迫ってくる。
芽吹きや蕾の頃の気配にも、いのちの微妙な営みが美しく息づいていることに、わしは、最近、気づくようになった……
それもまた、まことに味わい深い、良きものじゃ。
わしは、秋の寂しく端正な草花も好きだが、人々の暮らしの匂いのする、いのちの温かさを感じさせる草花や木も大好きだ。

そなたが鍬をふるって、精根こめて育てた「カライモ」も好きだ。今年の秋も、美事に育ったの……

秋江　はい。でも、本当にあなたのおかげですよ。この浅草の家に住めるようになったのも、あなたが四年前に、日本橋大伝馬町の木綿問屋のご子息を塾生にもたれたことが縁で、当時、空き家となっていたこの屋敷と庭を借りることができたからです。

わたくしは、この家に越してきてすぐに、雑草に覆われていた庭の土を掘り起こして、新たに草花や木を植えるだけでなく、畑を作って、「カライモ」を育てようと思いました。

月之介　そうじゃったのう……

四年前の天保十年といえば、まだ、大飢饉の悪夢が醒めやらず、江戸の至る所に痛ましい傷痕が残されておった頃であった……

そなた、あの年から、医術を本格的に学びたいと申して、建部良庵先生の見習いを始めたのだったの。

秋江　はい……。あの怖ろしい天保の大飢饉の最中、お上によって江戸市中に建てられた「お救い小屋」に収容されていた下々の人たちの、到底口にするのは忍びないような地獄の辛苦を目の当たりにした時、わたくしでも、なにか、お役に立てることはないか、……

と、密（ひそ）かに、自分なりに心に期するものが生まれました。

それは、わたくしが医術を学び始めた「天保十年」の時ではなく、もっと以前、まだ、わたくしどもが江戸に参ってから一年そこそこしか経っていなかった「天保七年」の暮れのことでございました。ちょうど、大坂での大塩平八郎様の蜂起（ほうき）の直前でした。

月之介　……さようであったか……
そなたの医術へのめざめは、あの天保七年に生じておったのか……

秋江　……はい……

わたくしどもの暮らしの実状から申せば、もちろん、あの時のわたくしどもは、己（おの）れのことで精一杯で、到底、人助けだなんだと言えるようなありさまではございませんでした。でも、わたくしは、そんな火の車の真っ最中でも、いや真っ最中だからこそ、わたくしでなければできぬ何事かをなしとげたい、と、心の奥深くから衝（つ）き上げてくるものがありました。

それは、混じりっけのない、なにか、リクツ抜きの、やむに止まれぬものでした……

その時、これが、あなたの陽明学でおっしゃられる志（こころざし）というものなのか、と、ふと思いました。

月之介　……うむ……

秋江　正直、戸惑いがありました。だって、わたくしは、たしかに漢方医の娘に生まれ、父の手伝いをする中で習い覚えた、薬草を使ったいささかの素人（しろうと）療法の心得（こころえ）はありましたけれども、それまで、医術そのものには、さっぱり興味がありませんでしたし、自分には無縁のものと思っておりましたから……

月之介　……うむ、たしかにそうではあったが……

秋江　嫁（とつ）いでからのわたくしにとって、切実な想い、大切な想いを託することができたのは、あなたと京子との家族三人の暮らしと、自分なりの好みと資質（ししつ）に合（お）うた和歌の世界のみでした。医術なぞ、金輪際（こんりんざい）、関わるつもりはなかったのです。

月之介　……うむ……しかし、わしは、心身（しんしん）を痛めつけて病に倒れた時、何度か、そなたの習い覚えておった薬草の知識と素人療法のおかげで、救われたことがあったぞ……

例えば、里芋（さといも）の皮をむき、中身をすりおろして麦粉と混ぜ、それに「おろしショウガ」を加えたもので「湿布（しっぷ）」をすると、あらゆる腫（は）れ物・炎症に効（き）くという療法。

こいつのおかげで、ずいぶんと助かった……

また、なまの枇杷（びわ）の葉を細かく刻んで焼酎（しょうちゅう）に漬けた汁は、殺菌・消毒の効き目がてきめんで、あらゆる皮膚病に効くというておったが、これも、本当に調法（ちょうほう）だった。

そなたには、なにか、一種本能のように、身体（しんたい）の〈気〉の流れを鋭敏に察知する、独特の天与の才が備わっているような、……そんな感覚が、わしにはいつもあった……
その異能の力が、〈天〉の用意してくれた〈時〉と〈所〉を得るならば、いつの日にか、必ずや「花ひらく」機会が訪れるものと、私は信じていた。

秋江　……はい……

月之介　秋江、いかな才能と力も、それをひき出すに値する、あるいは、それを活(い)かすに値する〈天機(てんき)〉が訪れるまでは、決してひき出すことはできぬし、思うように使いこなすこともかなわぬものじゃ。
肝心なのは、〈天機〉、すなわち、「天道(てんどう)の導き」が与えてくれる〈契機〉じゃ……

秋江　……はい。

月之介　そなたは、「天保七年」というあの大飢饉の年の暮れに、その〈天機〉をつかんだのじゃ。
それは、そなたの心の内に、ひとつの志(こころざし)が誕生したということだ。

秋江　……はい。

月之介　その〈志〉が、そなたの内に脈々と生き続けていたからこそ、四年前の「天保十年」に、そなたは、医術を本格的に学ぶ決心をしたのだ。
それが、そなたの次の〈天機〉だった。

秋江　……はい。この家に引っ越せて、庭に草花や木を植え、カライモを育ててみようと思い立った時、わたくしには、ふたつの想いが湧き上がっていました。

ひとつは、単に、気持の良い、美しい庭にしたいというだけではなく、同時に、薬草としても役に立つような植物を育ててみたいという想いでした。

もうひとつは、生まれて初めて、お天道様を浴びながら、鍬をふるって大地を耕し、額に汗しながら、母のような大地から、ささやかでもよい、実りをこの手でたしかにつかみ取ってみたい……そして、そのつかみ取ったカライモを、いささかのお知り合いも含めて、皆でおいしく味わっていただけたら、……そんな希いでした。

月之介　ああ……よくわかる。

それは、……それは、本当に、良きことだ。喜ばしきことだ……

秋江　そのふたつの想いは、その時のわたくしにとって、決して別々のことではなく、なにか、大きな心のまなこのような想念に包まれて、ひとつに溶け合っていたのです。

おわかりいただけるかしら……？

月之介　ああ……よくわかるような気がする。

そなたはおそらく、自らの手で、何か新しい〈生活〉というものを、たしかな手ざわりで、しかも、目に視えぬ大きな自然のはからいの懐に抱かれて、ひとつひとつ切り拓いてみせようとしている……私には、なにか、そんなふうに思われるのだが……

秋江　そうかもしれません……。でも、自分では、正直、うまく説明できないんですよ……医術でも、畑仕事でも、別に、好きな仕事をしているっていう感じでもないんです。正直いって、しんどいし、……いやだなあ、って思うことも多いんだけど……でも、……たしかに、生きて、たたかっているんだって感じはあるんですよ……それ、…まんざら、悪くない。

京子も大きくなって、「独り立ち」して私の手を離れたし、家事も手伝ってくれてるし。

月之介　そうじゃの……

秋江　この秋も、先日泊まりがけで参りましたけれども、あなたもご存知のように、わたくし、春から何度か、参詣も兼ねて、良庵先生やお弟子さんたちと一緒に、青梅・御岳・秩父などの武蔵の山中へ「薬草採り」に出かけているんです。秋は、「紅葉狩り」も兼ねて出かけますから、ことのほか愉しゅうございます。色とりどりの紅葉も美しいですけど、山路でみかけた「ななかまど」の鮮やかな、燃えるような美事さは、忘れられません……

月之介　ななかまど…か。ああ……胸にしみるの……

皆で、どのような薬草を採られたのか？

秋江　例えば、「茜」。これは根を生薬として用い、止血剤で、また、血の道の滞りにも効きます。次に、「千振（せんぶり）」。これは、茎と根を干して、苦（にが）いですけど、「当薬（とうやく）」といって胃腸薬になります。「良薬（りょうやく）は口に苦（にが）し」って言うでしょう。

月之介　…うむ…

秋江　「コウジュ」は、草全体を干したものを生薬として、熱さましに、「ノダケ」は、痛み止め・咳止（せきど）めになるし、「葛（くず）」は、もちろん葛粉（くずこ）にもなりますが、「葛根（かっこん）」として熱さましに使うから、あなたもよくご存知でしょう？

月之介　いや、いや、今挙（あ）げられた植物は、けっこう私も名を存じておるし、世話にもなってきたような気がする。

秋江　で……しょう（笑）。あなたがお好きな秋の草花や、先ほど挙げられたわが家の果物や木も、実は、ちゃんと「薬草」としても使えるものがあるんですよ。「桔梗（ききょう）」や「南天（なんてん）」は咳止めの薬になるし、「りんどう」は胃腸薬、「女郎花（おみなえし）」は利尿剤、それに「金柑」は風邪（かぜ）薬になり、疲労回復にいいんです。

月之介　おやおや……こりゃ、恐れ入った……大変な能書きだ（笑）。さすが、漢方医のお弟子さんだ（笑）。参りました。

秋江　エヘン……（笑）。能書きついでに、エラそうにご講説申し上げておきましょうか。

月之介　…はて、何かの……？

秋江　漢方と蘭方の、医学の違いについてです……

月之介　……ふむ、そいつは面白そうだ。ぜひ、ご高説を賜りたい（笑）。

秋江　……はい（笑）。

あなたもご存知だとは思いますけど、漢方には、実は、今流行の蘭方の医学とは全く異なり、〈病名〉という考え方が無いのです。

西洋の蘭方の医学では、人体のあちこちの部位……もちろん「腑分け」を重んずる学問ですから、内臓や神経も含まれるのですけど……あちこちの部位を、体の他の部位や全体から一応切り離して、単独に、バラバラに扱います。

月之介　……バラバラに扱う、というと？

秋江　つまり、人体の部位を、ひとつの独立した〈器官〉として、その働き・特質を、個々別々に記述し、説明づけた上で、他の人体の部位との〈関係〉を、因果的・学問的に誰もがすっきりとリクツでわかるように説明づけた学説をもとにして、人間以外の生き物も使って、いろいろ実験したり、観察したりして、その学説の正しさを裏付けようとするのです。

月之介　……うむ……

秋江　ですから、蘭方の医学では、病とは、体のある特定の部位・器官の、なんらかの働きの〈障害〉によって起こるのです。

「治療を施す」とは、蘭方にあっては、その特定の「器官」の障害に効く「薬」を与えることであり、また、体の他の部位にとって有害となったり、命取りとなるおそれのある「部位」を手術で切り取ったり、それに加工を施したりすることなのです。

それに対して、わが「漢方」の医学では、病への考え方と対処の心がまえは、全く姿勢を異にしているのです。

月之介　なるほど……大変、よくわかる。漢方では、どこが違うのです？

秋江　漢方では、特定の臓器や体の部位に〈病名〉というものをつけず、外傷を別にすれば、基本的に、病というものは、わたしたちの身体を流れる、目に視えぬ陰・陽の気の精妙な〈均衡〉が崩れることによって生ずる、と考えるのです。

月之介　……なるほど……

秋江　陰の気は、身体的にいうなら、〈虚〉の状態に当たり、陽の気は、〈実〉の状態に当たるとされています。この身体の虚・実の〈均衡〉が適切にとられているときには、「血のめぐり」が良く、これが、病ではない、すこやかな心身のあり方なのです。

「気血のめぐり」の良い時は、わたしたちの体は、己れにとって「悪しき異物」となるものを適宜、排泄し、己が生命を守り、保つのに必要な「良きもの」を吸収してゆくからです。

月之介　……うむ……

秋江　それに対して、虚・実の〈均衡〉が崩れている状態が、「気血のめぐり」の悪い状態で、これが、病にかかっている時です。
〈虚〉の状態が強すぎて、〈実〉が希薄になりすぎていると、いわゆる「血の気の薄い」生気の萎えかかった病的な症状が目立ってきますが、逆に、〈虚〉が乏しく、気の流れが、〈実〉の状態に一方的に偏し、凝り固まってしまうと、例えば「肩こり」や「炎症」のような形となって顕われたりします。いずれも、「血のめぐり」の悪い病んだ状態なのです。
もちろん、この偏った、悪い〈虚〉の状態と悪い〈実〉の状態が、同時に起こることもあります。

月之介　……なるほど……言われてみれば、思い当たる……

秋江　漢方の療法の本道とは、こういった陰陽・虚実の〈気〉の偏りをあやまたず読み取り、わたしたちの身体の「気血の流れ」を本来の状態に戻すことで、内なる〈治癒力〉を高め、いのちの力を甦らせることにあるのです。

月之介　いや……まことに正鵠を得た、深遠な、滋味のある医術の精神だと思う……

秋江殿、ご高説、ありがたく拝聴いたした（笑）。良き「耳学問」であった（笑）。そなたが今聴かせてくれたことは、私のものの視方・考え方にも、深く通ずるものがある。

私の学んできた陽明学や朱子学も含む儒学そのものの根底には、「易」による〈天道〉の思想というものが横たわっておるが、その〈天道〉の働きは、つねに、「陰・陽の気」の離合集散となって顕われる。

秋江　…はい。漢方の医術の根底にも、その「易」の考え方が横たわっています。

月之介　うむ……。われら人間は、己れの心身やそれとつながっておる天地自然・森羅万象に宿った、その「陰陽の気」の流れというものを、心を澄ませて感じ取り、〈天道〉のはからいに抗わぬように心がけながら、自らの内なる陰・陽の精妙な〈均衡〉を保ち続けるよう努めねばならぬ……

秋江　はい……

月之介　〈陰〉すなわち〈虚〉の状態とは、個体としての〈殻〉を超えて、より大きな何ものかに己が身をゆだね、没し去ろうとする働きをいう。

対する〈陽〉すなわち〈実〉の状態とは、逆に、ひとつひとつの存在が、己れの個体としての輪郭を強め、己が存在を主張し、特定のかたちに「凝集」せんとする働きをさす。

人も生き物も、あらゆる天地万物の営みも、この二つの相反する働き、すなわち〈個体〉としての己れの独自の姿・形を不断に創り上げ、それを保たんとする力と、逆に、〈個体〉としての己れの〈殻〉を溶かし去って、より大いなる流れに身をゆだねんとする力の、精妙なる〈均衡〉の上に成り立っておる。

秋江　……はい……

月之介　後者の〈陰〉すなわち〈虚〉の力とは、私の考えでは、目に視えぬ〈水〉の気の働きであり、前者の〈陽〉すなわち〈実〉の力とは、〈火〉の働きをさす。

私は、先に、「人は皆、水火、日月の気を己が魂の内に有す」といったが、それもこのことじゃ……。生きとし生けるものは皆、この水火、日月の気の〈均衡〉の内にあって、はじめて、うつろではない、良き生を成就し、全うできる。それが、「天道を生きる」ということでもある。

秋江　……はい……。わたくしの方こそ、深遠なご高説、ありがたく拝聴させていただきました（笑）。

むつかしいお話の後で、気がひけますが、あなたは今、陰の気は〈水〉、陽の気は〈火〉とおっしゃいましたね？

月之介　ああ、……そう申したが。

秋江　わたくしも同感ですけど、そのことを、「食べ物」に則して、もっと俗な言い回しでいわせていただきますと、〈陰〉の食べ物は、体を冷やします、……つまり〈水〉の気が強いのです。

例えば、「ナス」「ウリ」「きゅうり」「スイカ」などが、それに当たります。

逆に、〈陽〉の食べ物は、体を温めます。つまり、〈火〉の気を強めます。

これには、「人参」「牛蒡」「蓮根」のような根菜類があります。

身体をすこやかにするには、食べ物においても、陰陽・水火の均衡が大切だということです。

月之介　…なるほど…

秋江　ただし、面白いのは、料理の仕方によって、同じ食材でも、〈陰〉にもなれば〈陽〉にもなることがある、ということ……

例えば、「大根」は、「おろし」にすれば〈陰〉の食物ですけど、「煮て」食すれば〈陽〉となります。だから、〈料理〉という営みそのものが、「おいしい」かどうかということと併せて、私たちの〈いのち〉のすこやかなあり方にとって、とても奥の深い意味をもっているのです。

月之介　…なるほど……いや、まことに奥が深い……

しかし、食べ物の話をしていると、やはり、腹が減ってくるの……（笑）。
久方ぶりに、仕事もせずに、のんびりした一日だったと思うておったが、……甘かったの（笑）。
長い年月、忙しさにかまけていたのと、怖じ気づいて腰が引けていたのとで、すっかり棚上げしていた、そなたとの間の積もる話が、一気にはじけてしもうて、……いや、もうヘトヘトじゃ、…腹が減った（笑）。

秋江　今年のわが家の初収穫の「カライモ」を早速ふかして、今宵の夕餉にお出ししますわ。わが家のカライモは、形こそ野趣に富んでいて、お上品な格好とは申せませんけど、お陽様をたっぷり浴びて、大地のいのちの火を汲み上げて育った、たくましい「おいも」さんですよ。
そうそう……イモといえば、先日の「薬草採り」の時に、あなたの好きな「やまのいも」も掘ってきましたから、今宵は、「とろろ汁」で「山かけ」にしてさし上げましょう……

月之介　おお、……さようか！　いや、けっこう、けっこう……こいつは、たまらん。
ついでに、といっては何だがの、……見事に熟したわが家の「柚子」も使って、ひとつ「柚子味噌」といこうではないか……

熟した柚子の頂を横に切り、中身をとった殻の中に、味噌と柚子の汁、皮のすりおろしたやつを混ぜて練ったものを入れる。これを火にかけて焼くと、なんとも風味が良いのだ。
わしは、京の都におった時に、祇園の店でおぼえた。
そのまま食してもよいが、「昆布だし」のきいた、アツアツの「風呂吹き大根」につけて食べるのも旨い。豆腐につけて一緒に焼いて、「柚子味噌田楽」にするのも、捨てがたいがの。もちろん、「熱燗」は欠かせん。

秋江　はい、はい、……(笑)。おつけいたしましょう。
今夜は、お京が食事を作ってくれる日で、もう、かれこれ出来上がっておりましょうから、今、おっしゃられた献立を加えますわ。

月之介　もう間もなく冬に入るが、そうなれば、新蕎麦の旨い季節になり、新米の酒も出る。
今から、楽しみじゃ。

秋江　さようでございますわね……かなり冷えてまいりました、あなた。そろそろ夕餉も出来ておりましょう。お酒の仕度もございます。参りましょう。

月之介　うむ……

(二人、退出する)

第三幕　新八郎

（3）第一場　天保十四年（一八四三）・晩秋〔陰暦・閏九月〕

両国橋のかかった大川へと向かう、神田川沿いの柳原の土手。
道場帰りの刈谷新八郎とお京の逢いびきの場面。
昼過ぎから夕刻にかけて。

お京　新八郎様にこうやってゆっくりお逢いできるの、本当に久しぶりですわ……

新八郎　しばらく、お京さんと水入らずで話す機会がなかった……なんか、いつもすれ違ってばかりで……。済まん。

お京　気のせいかもしれないけど、……ここのとこ、ずっと、新八郎様に避けられているような感じがして……。なにか落ち着かない毎日だったわ……

新八郎　いや、…避けてるなんて、……そんな気は毛頭なかった。
ただ、ずっと、もやもやして、己れ自身でも、どうしたらよいのか……まるで、方角が視えてこんのだ……

お京　なにか、おひとりで、悶々と抱え込んでいらっしゃるのは、あたしにも、なんとなくわかってました……でも、お話しして下さる風でもなかったし……

新八郎　話そうにも何も……自分でも、よくわからんのだから……どうしようもない。ただ、これは、俺自身でなければ本当にはわからんことだし、俺自身の力で、切り抜けてみせねばならぬことなんだ。

お京　あたしでは、お力になれないんですか？

新八郎　いや、……そうも言い切れぬ。でも、お京さんは、絵描きだ。あの葛飾北斎先生の娘さんのお栄殿が師匠だ。親父さん譲りの変人で、おまけに親父さんとは違って、弟子なんかめったにとらないって噂の、キツイと評判のお栄さんに、「見所がある、面白い」って言わせて、お弟子になったんだから、凄え。

お京　お栄様は、細かいことにはこだわらず、気っぷのいい方なんですけど、絵については、ほんと厳しくて、歯に衣着せずにおっしゃられます。なにせ、同じ絵師仲間だった、ご主人の等明さんの絵がヘタクソだって、あざ笑ってばかりだったというんで、とうとう離縁なさってしまって……父の北斎先生の元にお帰りになってからは、もうずーっと、「ひとり身」のままでいらっしゃるぐらいですものね（笑）。

でも、新八郎様も、お会いになったらわかるけど、すごくカッコいい方なんだから……

いっぺんで、大好きになるわ。

新八郎　いやあ……今の俺なんか、一目見ただけで、ケツの青い、カラッポの腑抜け侍だって、見切られちまうさ……

でも、お栄さんの絵は、俺もいくつか観たことあるけど、けっこうグッとくる。さすが、北斎先生のお眼鏡にかなって絵師になったお嬢さんだけのことはある。ただ者じゃねえ。そのお栄師匠に見込まれたんだから、お京さんも、やっぱりただ者じゃねえ。

俺が素人目で観ても、たしかに、お京さんの絵には、なにか、あるような気がする。ちゃんと己れの目で物を観て、己れの感ずるままに、素直に絵筆を走らせて、描いたものを再度、己れの目でじっくりとみつめ直した上で、なにかをつかみ取って、また前に進んでいく……。お栄殿の弟子になってから、お京さんは進境いちじるしい。ちゃんと、己れの歩むべき道を、己れの足で踏みしめながら、歩んでいる……

おいらとは、段違いさ。ずっと先を進んでる。

お京　まあ……とんでもない買いかぶりだわ。いつも、お栄様には、おこられてばっかりなのに……

でも、新八郎様って、やっぱり不思議な方ね……。あたしの知らないような、むつかしいこと、それはもう、いっぱいご存知で、とても聡明なお方で、人並み外れて物事を繊細に感じ取られて……あたしのことだって、ほんとによく見て下さっているのに……。おひとりでおられる時は、いつも、とてもさみしそうで、なんか、沈んだような、うつろなお貌をなさって、遠くの空を、いつまでも、ぼーっと眺めていらっしゃったりするし……

　他の塾生の方々と談笑なさっておられる時は、あんなに陽気に見えるのにね。


新八郎　俺には、なんにも、できることがないんだ……やりたいことっていうのが、そもそも、なにもないんだ……

　いや、それ以前に、俺自身が、何者なのか、……てんで、わからないんだ。

　俺は、お京さんもよく知ってるように、二百五十石の旗本の次男坊だ。家は兄貴が継いで、親父の跡を承けて勘定所に入り、今じゃ、勘定組頭だ……。仕事もハッキリしているし、将来も保証されてる。上役のおおぼえもいいし、親父やおふくろにとっても、自慢の息子だ……

　けれど、俺は、うって変わって、ただのゴクつぶしの「部屋住み」だ。家督相続とは無縁の、旗本や御家人の次男坊・三男坊は、それこそ、ごまんといる……別に、俺だけじゃねえし、珍しくもなんともねえ。別段、「部屋住み」であることが不満だっていうんじゃねえんだ……。俺の友人・知人たちには、塾仲間にも、道場仲間にも、遊び仲間にも、部屋住みの連中は、たくさんいる。

お京　……ええ、そうよね……

新八郎　だが、そいつらは、皆、なんにも迷っちゃいねえ……俺みたいに、一人でうじうじ悩んで、所在なく、何ヶ月も、何年も時を空費している、なんて奴はいねえ……。みんな、宜しくやっているんだ。

ある者は、昌平黌や有名塾の成績を足場に仕官先を見つけ、ある者は、親兄弟や親戚、師や先輩・友人たちの手づるや引き立てを利用して、巧みに養子先を見つけたり、要領よく職探しに精だしたりしている。遊蕩にふけっていた悪ガキ時代からの仲間の人脈を使って、上役やひいき筋の連中を悪場所に誘って接待したり、時には、馴染みの情婦まで世話してやったりして、ちゃっかり出世の足がかりをつかむ奴もいる。

そういう手合いは、俺の親父や兄貴たちの世代もそうなんだが、悪ガキ時代の遊び仲間の「付き合い」って奴を、いつまでも後生大事に守って、十年一日のごとく暮らしていくんだ。

出来心でついつい見るに耐えない悪事を働いていても、人間なんてそんなもの、バレなきゃいいや、とばかり、同僚や仲間同士、互いに持ちつ持たれつ「つるみ合って」る。

あまりシャカリキにならねえように、また、責任とらされて「大穴」あけねえように、適当に宮仕えして働いて、適当に遊んで、時々、仲間や親類・縁者で群れ集まって、息子や旦那(だんな)の自慢話や嫁の悪口や他人(ひと)の噂話(うわさ)に華を咲かせて、気晴らしをしている。

お京　……まあ、まあ……。でも、自分の好きなことに打ち込んで、かなうか、かなわないか、わからないけど、ひたむきに〈夢〉を追い求めている人だって、いるでしょう?

新八郎　……そりゃ、まあ……そういう奴だっているさ……。旗本や御家人の「部屋住み」出身の友人や先輩の中には、なんか特技をもって、それにはまってる奴もいるからね……

例えば、道場通いで頭角(とうかく)を顕(あら)わして、どっかの藩の指南役(しなんやく)や道場の師範代(しはんだい)を勤めたり、剣技(けんぎ)を磨いて、己れの独特の工夫(くふう)を凝(こ)らして、道場を開くまでに至った先輩剣士もいる。あるいは、学問で抜きん出る者もいる。昨今(さっこん)は、エゲレス・オロシャ・メリケンなどの外国船がさかんにわが国の近海に出没し、通商を求めてきておるから、幕府・諸藩とも、いつ何時(なんどき)、わが国に一大事が出来(しゅったい)するかもしれぬとの脅威を抱(いだ)いているし、その対応・対策のために、洋学・蘭学に精通した者の意見を重んじ、人材の登用に努めておるそうだ。

お京　……ええ、お父様も、そうおっしゃっておられたわ……

新八郎　江戸にあまたある私塾の経営者や学生たちの中にも、儒学ばかりではなく、洋学をも併(あわ)せて学び、東西の文明に通じた、学識ゆたかで視野の広い、才能ある士(し)を志(こころざ)し、政策の提言を試みようとする人たちもおる。

河井月之介先生とも付き合いのある「志斉塾(しせいじゅく)」の主宰者・狭間主膳(はざましゅぜん)殿もそうだし、わが水明塾の塾生の中にも、黒川竜之進殿や村上喬平殿のように、狭間殿の教え子の方もおられる。学問を通じて、そういう、お国のための有為の人材たらんと志すのなら、それもまた立派な生き方だ。

お京　……そうね……

新八郎　だが、俺は、どうも、そういう感覚にもなり切れん……。なぜかわからんのだが、狭間殿や黒川殿、村上殿のようにもなれんのだ……黒川殿や村上殿の話は、他の塾生の友人たちともども、何度か繰り返し、拝聴させられてはきたものの、何かが俺とは違う……どうしても、そう感じてしまうんだ。彼らの仲間たちの「寄合」にも、一度顔を出さんか、と熱心に誘われたこともあったが、どうにも気がすすまん……

お京　あたしも、お父様の講義の後で、お父様に質問しながら時々絡んでおられる黒川さんや村上さんのお話が、ちらっと聞こえてきたことがあったけど、なにか、うまくいえないけど……なんともいえないイヤな感じがしました。女の感情的な見方だって、新八郎様には言われてしまうかもしれないけど、あの人たちには、……なにか、イヤな匂いがするんです。

時たま父のもとにお話しに来られる狭間さんもそうだけど、あの「志斉塾」の方々には、なんともいえぬ冷たいものがあります。

でも、あの三人の中では、村上さんがいちばんマシで、きれいな目をしていて、そんなに嫌いな人ではないのだけれど……

新八郎　小幡藤九郎さんも、そう言っていた。あの三人の中では、村上がいちばん救いがあると、そう申しておった。

お京　ええ、……わかりますわ。

わたし、藤九郎様はとても好きよ。あの人と新八郎様は、全然違うけど、どこか似ているところがあるわ……ふたりとも、人としてなくしてはならない、なにか、すごく大事なところを、ちゃんともってる、っていうか……

新八郎　嬉しいけど、そんなふうに言ってくれるのは、お京さんだけさ……

藤九郎さんは、俺なんかより、ずっと苦労人だし、ずっとずっと立派な男さ……。俺の知らないような、いろんな世界を知っているし、いろんな人間たちを見てきてる。ちゃんと地に足を着けて生きてる。

どうしたら、あの人のようになれるんだろう……俺は、いつも、及びがたい気がして、うらやましくてならん……。お京さんも、藤九郎さんも、今の俺には、まぶしすぎる……

お京　新八郎様、そんな風にご自分を卑下なさらないで……。あたし、つらいわ……

新八郎様が、他の方々と違って、なすところが何もなく、いたずらに時を空費なされておられるのは、あなたが、ダメな人だからなんかじゃない……それは、あたしが一番よくわかってるわ……。

あなたは、人並み外れて、物に感じやすくて、傷つきやすくて、普通の人が物怖じせずにやれることが、どうしても腰が引けて、苦手になってしまうのよ……押しが強くなれないのよ……

ご自分のやりたいことがみつからないっていうのも、あなたが、人並み外れた、鋭い感覚の持ち主だからだと、わたしはおもうわ……。今の世の普通の人たちは、そんな悩み方なんかしないもの……


新八郎　俺も、これまで何もしてこなかったわけじゃないんだ……

昌平黌は、親の期待に応えて仕官と出世のことばかり考えてる、小賢しい秀才どものたまり場だったんで、すっかりうんざりして辞めちまったけど、俺と同んなじ旗本の部屋住みの出で、さんざっぱら、親父やおふくろと喧嘩しまくったあげく、柳亭種彦さんの紹介で為永春水先生の弟子になって、今じゃ人情本の作者になっている道場仲間の先輩がいるんだ……その先輩が、水明塾のことを俺に教えてくれたんだ。

なんかお前によく似た雰囲気の、河井月之介っていう、とんでもねえ奇人・変人の学者先生で物書きもしているオヤジがいるってな……（笑）。

その先生のとこへ顔出してみたら、ひょっとすると、お前の性（しょう）に合った面白（おもしれ）え生き方がみつかるかもしれねえぞっ……て（笑）。

正直いうと、あの時は、先輩の話を聞いても、あんまりぞっとしなかったし、期待もしてなかったんだけど、その先輩のことは気に入ってたし、ひょうひょうと我が道を行く、面白い男だったから、この人が言うんなら、なんかあるんだろうって……そのぐらいの、いい加減な気持で、水明塾を訪れたんだ……今だから、言える話なんだけど（笑）。

でも、月之介先生と話していて、すぐに、変にウマが合っちまって……（笑）。


お京　お父様も、すぐに、新八郎様のことが気に入ったようだわ。「オレの若い頃に、ホントによく似てる」って……（笑）。

水明塾には、毎年いろんな塾生の方（かた）が入ったり、出たりされて、中には、新八郎様のように、二年も三年も腰を落ち着けてしまっている方もいるし、一年で辞められる人もいるけど、それこそ、いろんなクセの強い塾生の方たちが出入りされているけれど、それでもお父様は、本当は、今でも、誰よりも新八郎様のことが気に入っているし、気にかけているのを、わたし、よく知ってるわ。

「つぶしがきかねえ所なんか、オレにそっくりだ。人生の先行き考えると、危なっかしくて、見ちゃいられねえ……。侍なんかに、それも、旗本なんかにしておくのは、いかにももったいねえ……」ってね（笑）。お父様、新八郎様のことを、まるで息子みたいに思ってるのよ……

新八郎　俺も、月之介先生のことは、実の親父なんかより、ずっと身近に感じてるんだ……物知りの学者先生に、こんな変な人がいるのかって（笑）……正直、ぶったまげた。

全然、教師臭くないし、学や知識をひけらかす風でもなく、ヘリクツをこねるわけでもない……。説教臭いところや、押しつけがましい所も、全然ない。

それでも、こちらが真剣にぶつかっていくと、きちんとごまかしなく、受け応えをされて、己れの考えを、それもできる限り、わかりやすく、熱意を込めて、よく言葉を択ばれながら、お話しになられる……。講読の時も、凄い集中力で、一文、一語、おろそかにされることなく、魂を込めて朗読され、解釈をされる。

そして、さまざまな角度から、われらの思いもよらぬ「問いかけ」を投げかけてこられる。一人ひとりの塾生が、先生のお言葉を己が器で受け止め、推しはかり、反芻し、また、先生に向かって「問い返そう」と相努めておる。

お京　水明塾の学生さんたちって、……みんなそれぞれ、考え方も、雰囲気もまるで違うみたいなのに、すごく真剣よね……

新八郎　月之介先生の言葉には、〈言霊〉と申すしか言い表わしようのない、不思議な力が息づいている……

それは、われら一人ひとりを、他の何人とも取り換えのきかない、〈己れ自身〉という孤独な場所に、立ち帰らせてゆく。われら一人ひとりに、己れ自身の生き方を問いかけ、つきつめさせるように強いてくるんだ……

先生の言葉は、だから、時に、われらを鼓舞し、闇を照らす微かな一筋の光明にめぐり逢うたような想いにさせてくれるが、時には、われらを、いかんともしがたい〈不安〉の渦中に陥れる。その〈不安〉に耐え切れぬ者は、塾を離れてゆく。

先生の言葉に触れていなかった時には、無邪気に信じ切っていた、あるいは、逃れようもないものとして、いや応なく押しつけられ、諦め切って受け容れていた、親や世の中の大人どもの〈約束事〉や目に視えねえ〈掟〉って奴が、先生の火のように烈しく、水のように透きとおった言霊をくぐり抜けていくうちに、いつの間にか、壊れていくのがわかる。

今まで世の大人たちからいや応なく「はめ込まれて」きた〈タガ〉が一斉に消えていった時、同時に、俺たちの中で、良きにつけ悪しきにつけ、己れを支えてきた「つっかえ棒」もまた、無くなっちまう……

頼りねえ、裸の「ひとりぼっち」の俺たちになっちまうんだ……

正直、お京さん、これあ、とんでもなく「キツイ」ことだし、「怖い」ことなんだ。

わかるかい？……

お京　よく、わかるわ……。わたしだって、今、絵を描いてて、本当に怖いもの……お栄様は、お父様の北斎先生と同んなじで、これまで多くの絵師たちが、安堵し切って寄りかかってた、絵の〈約束事〉ってのを取り払ったところから、物をありのままに見て、しかも、その、物のありのままの姿が、そのまま、己れ自身の〈心〉のありのままの姿でもあるんだって、おっしゃるの……

自分だけに視える自分だけの風景、自分だけの世界……それって、とてもさみしいものだし、怖いものでもあるわ……

新八郎　……ほんとに、そうなんだ……

お京　でもね……お栄様は、その自分だけに視える、自分だけの世界をつくってゆくことで、そのことに徹することで、はじめて、本当に、他の人の生きる世界とちゃんとつながることになるし、ひとりぼっちの自分の心の風景が、目には視えないけどたしかに息づいている、なにかとてつもなく巨きな世界につながり、そこに向けて、脱けていく道筋になるんだって、……そんな風におっしゃるの。

新八郎　ああ……たしか、月之介先生も、そんなことをおっしゃっていた……なにか、俺にも、なにか、微かにわかるような気もするんだけど……

でも、……でも、今の俺には、どうしても、それが、身体（からだ）で、己（おの）が感覚でつかめないんだ……

お京さん、俺は、河井先生のように賢くもねえし、学問も好きじゃねえ。

剣術もやってるけど、相変わらず苦手だ。人付き合いも退屈だし、めんどくせえ。

学問よりは芝居（しばい）を観る方が好きだし、読本（よみほん）や戯作（げさく）を読んだり、長唄（ながうた）や常磐津（ときわづ）を聴くのも好きだ。

でも、自分で芝居を書いたり、滝沢馬琴（たきざわばきん）さんや為永春水（ためながしゅんすい）さんのような物語の作り手になりたいとも、今のところはおもわないんだ。

彼らのように、あるいは、さっき言った人情本の作者になった先輩のように、自分らしい世界ってものを、独特の〈物語〉にできたらいいだろうなぁ、って、俺も夢みることがある。

でも、……今の俺には、とても、できそうにねえ……

俺には、自分なりの風景、自分なりの世界の視（み）え方（かた）ってもんが、まだ一向につかめてないんだ……

お京　……新八郎様……

新八郎　馬琴さんの『八犬伝』や『弓張月（ゆみはりづき）』は、俺もずっと読んできた……たしかに、血湧（ちわ）

き肉躍るし、面白いんだが、でも、不自然なことこの上ないところは、大方の浄瑠璃や歌舞伎と同んなじだ……。儒教的な、忠義や孝行や恩愛の説教で塗り固められていて、そのために死に急いだり、前世から背負った因果応報の業苦に弄ばれながら、人間の心や肉体をいじめ抜いて、苦痛のうめき声の中に、おぞましい情欲をかき立ててみせたり、……人の心をマヒさせて、甘美な陶酔境に引きずり込んでゆく、そのあざといやり口が、なんとも鼻につく。それなりに愉しいけど、後になって振り返ってみると、毒々しい悪趣味ばかりが想い出されて、空しさがこみ上げてくる。

為永春水さんの方は、反対に、遊里の男女の愛欲模様を、心憎いばかりに真に迫って、きめ細かく描いてみせる。こちらの方が、馬琴さんよりは、地味ではあるけど、ずっと、生々しくて、手堅い文章の力がある。〈大人〉の読み物だ。

ただ……俺には、なんともみみっちくて、息苦しくて、やり切れねえんだ。

俺が、遊べねえ性格の、うぶな唐変木だからってこともあるけど、……でも、こんなのがまっとうな〈大人〉の性ってもんだ、お前らみたいな「青臭いガキ」にゃ、わかるめえ、と、「粋人・通人」の奴らにもっともらしく言われると、冗談じゃねえ、やってられれっかって、思わずにゃ、いられねえんだ。

俺が心の奥底で求めているのは、……渇いていながら、どうしてもそのかたちが視えてこねえ世界っていうのは、そんなもんじゃねえはずなんだ……

どんなに書を読んでも、リクツで考えても、死ぬほど考えても、一向に視えてこねえんだ……

今の、この天保の世の中にひしめき、うごめいている連中が、どいつもこいつも、俺には、あまりにも疎遠な人間どもなんだ……触れ合うところが、全然ないんだ……

みんな、いいことしてやがんのに……オモシロ可笑しくやってやがるのに、……なんで、この俺だけがって……。時々、このまま、ずーっと同じ時が、同じ風景が流れていくのかと思うと、気が狂いそうで、うわぁーって叫び出したくなるんだ……

お京さんも、藤九郎さんも、俺よりずんずん先に行くばかりだ。

お京　新八郎様……。今度、わたしと一緒に、お栄様のところに、会いに行ってみない？もしかすると……今の新八郎様のお苦しみにとって、お役に立つ何かが、貴重な糸口が、得られるかもしれないわ……。北斎先生の絵も、きっと色々、ご覧になれるわ。

新八郎　ああ……

ここで、二人の様子を、離れた所からうかがっていた犬飼源次郎と津田兵馬が登場。

犬飼　先ほどからお二人さん、ずいぶん熱心に話し込んでいたようだが、こんな柳原の土手で、真っ昼間から「逢いびき」たあ、新八郎、相変わらず、スネかじりの「部屋住み」で、けっこうなご身分だの……

お京さん、今度一度、拙者とも付き合うてくれぬか？　そなたの絵をぜひ観たいという、書画・骨董に明るい、日本橋のさる大店の主人がおるのだがの。

うまくいけば、将来も、お京殿の良き後ろ盾となってくれる、大そうな「通人」の旦那なのだ、画商仲間でもよく知られている御仁だ。そなたにとって、決して悪い話ではないとおもうのだが……

宜しければ、拙者が、勘定所の方々や問屋衆との談合によく使う、上野の由緒ある料亭で、「一席」設けるがの、……いかがでござるか？

お京　わたし、絵師とは名ばかりの、まだ駆け出しの「ひよっこ」ですから、日々精進に相努めなければならぬ、「未熟者」の身でございます。何よりも戒めねばならぬのは、「井の中の蛙」の慢心というものです……旦那衆のごひいきなどと、何をおっしゃいますやら、そら恐ろしい……、今のわたくしには、分不相応な、とんでもないお話でございます。犬飼様、お調子者の小娘を、おからかいになるものではありませんわ。

犬飼　なんの、なんの、かようなことを、戯れ言で申したりなぞ、するものか……、本当の話じゃ……。お京殿、恋にせよ、出世にせよ、つかみ取るべき時につかみ取る「機運」というものがござる。その千載一遇の好機が今じゃと、わしはおもうのだがの。

お栄殿の愛弟子、お京殿の才能なら、版画だろうが、肉筆画だろうが、その型破りの、斬新で艶麗な構図と配色から、自在で大胆な、力強い筆さばきの水墨、さらには、玄人好みの、渋く抑えた花鳥・風景画に至るまで、幅広い客層をとらえることができるし、江戸有数の人気絵師になれることは必定、と、かの目利きの御仁も、申されておったぞ……僭越ながら、わしも、そう思う。

このような、またとない好機をみすみす逃すとは、いかにも愚かしいことじゃ。そんなことをすれば、後には、とんでもない貧乏クジが待ちうけているものぞ。

お京　犬飼様、せっかくのご好意、ありがたいとは存じまするが、わたくしには、やはり分を越えた、恐れ多いお話で、ご縁がなかったものと、どうか、ご容赦下さいませ。相済みませぬが、わたくし、まだやり残した仕事がございまして、もう、仕事部屋の方に戻らなければなりませぬ……新八郎様、それでは、これで失礼いたします。続きのお話は、また、後日に……（お京、そそくさと立ち去る）

犬飼　ちっ……。相変わらず、けんもほろろだの……。せっかく、またとない色よい話をもってきてやったというに……。融通のきかぬ娘だ、男を見る眼がまるでない。
先行き見込みのない、甲斐性なしの、「部屋住み」のどこが良いのかのう。

津田　ハハハ……。妬くな、妬くな、源次郎。お京殿は、昔から、男顔負けの、気性の烈しい、しっかり者の女性よ。そんな女子に限って、こまめにグチを聞いてくれて優しく抱きしめてくれる色男が好きなものよ。

犬飼　新八郎、おぬし、一体いつまで、スネかじりの「部屋住み」を続けるつもりだ？
昼日中から、かような神田川のほとりでいちゃつきながら、お京さんの情夫づらをして、なすところもなく、日々を過ごしておるようだが、俺のような貧乏御家人の出とは違って、まがりなりにも、旗本の小倅のくせに、少しは恥ずかしいとは思わんのか？
昌平黌の先輩として、また小野道場の先輩として、おぬしの半端で、甘ったれた性根には、いつか苦言を呈そうと思っておった。
それは、ここにいる津田も、同じ気持だ。のう、兵馬？

津田　…ああ…

犬飼　どだい、今の貴公には何がある？　昌平黌の方も中途で退学して、学問もいい加減なままだし、道場の方も、昔一時は熱中していたものの、昨今は、一向に稽古にも身が入らず、休みがちではないか。

　貴公の兄上は、父御殿の跡を継いで勘定所に入り、今では勘定組頭だ。それなりに、われら勘定所下役どもの上にあって、生真面目に勤めておられる。貴公には、そんな兄上や父上の人脈を活かし、先輩方の働きぶりや生き方から、何かを学び取ろうとする向上心が、微塵もない。この犬飼源次郎も、ここにおる津田兵馬も、おぬしとは旧い付き合いの友人だ。遊びのイロハも、人付き合いのやり方も、われらが全て、おぬしに手ほどきしてやったものを……それらを、役立てるだけの工夫も、才覚も、おぬしには、まるでない。

　何をやっても中途半端で、あげくの果ては、水明塾などという、仕官とも出世の途ともおよそ縁のない、よりにもよって異端の学である陽明学を表看板に掲げた、偏屈者の教師の許で、役にも立たぬ、道楽に等しき空理空論を弄んでおるようだが……おぬしは、一体何を考えておるのだ？　河井月之介殿は、おぬしのような甘ったれた若造たちを食い物にして、生計を立てておる御仁なのか？

　それとも、おぬしは、お京殿が目当てなのか？　あの娘御が絵師として「売れっ子」になった暁には、そのヒモにでも成り下がるつもりか？　だとしたら、まったく笑止千万というものだ。

貴公の旧い仲間たちだった旗本・御家人の「部屋住み」連中は、今では、全員、見事に、己れの生き る道を見出し、親のスネかじりの身分から脱して職を得ておるし、一家を構えておる者も多い。

今では、おぬしの実家の刈谷家の親戚筋の間でも、おぬしの奇怪な言動には頭を痛めておる、と聞くぞ。


新八郎　犬飼さん、あなたの先輩としてのご忠言は、私も神妙に拝聴しています。いちいち私にはこたえることばかりで、別段、言い訳をするつもりもありません……あなた方の目には、私の姿も、そのようにしか映らぬことは、もっともな次第です……ずっと前からわかっていたことですし、今さら反論しようとも思いません。

でも、一言だけ申し上げておきましょう。あなた方は、私という人間を、本当は、何ひとつわかってはおられない、ということです。私が、あなた方の思いもよらぬ、あなた方からみれば問題にもならぬ、こっけいとしか思われない悩みを人知れず抱え込んで苦しんでいることなど、あなた方にも、また、先輩の友人・知人の方々にも、刈谷家の者たちにも、決してわかりはしないし、あなた方には何の関係もないことです。

先ほどから、何に苛立っておられるのか、私の生き方というものにずいぶんと絡まれ、悪しざまに言われておられたが、私を「挑発」されようとしても、ムダです。

犬飼　…なに！　…何を言うか、貴様（きさま）！

新八郎　私がどんな生き方をしようと、どんな苦しみを抱えていようと、それが、あなた方や世間の連中にとって、何の関係があるというのです？

犬飼さん、あなたは、あなたの好む生き方をされて、誇らしく己（おの）が道を歩んでおられるのでしょう？　けっこうじゃありませんか。私に余計な「おせっかい」をやく必要はない。

あなた方は、あなた方の道を歩まれればよい。放（ほ）っといていただきましょう。

犬飼　貴様……。それが、恩義のある先輩に向かって言う言葉か。己れが、自分だけの力で生きておるとでも言うのか！　貴様のような奴が、いい歳（とし）して、のうのうと無駄メシを食らって生きておられるのは、みな、育ててくれて、今もおぬしを養ってくれておる親御（おやご）殿や、刈谷家に代々お扶持米（ふちまい）を下さってきた、お上（かみ）のご恩のたまものではないか！

恥を知れ！　貴様は、その大恩（だいおん）に報いるために、しかるべき役職につき、あるいは自（みずか）ら職を得て、名を挙（あ）げてこそ、まっとうな「侍」に生まれた「男子」といえるのではないのか？　人の恩義に報いようともせず、何の才覚も工夫も働かせず、地道（じみち）な努力もせずに、己れの身勝手な都合や意見ばかりふりかざして、エラそうな口をきくな！　おぬしの今のような生きざまは、家門を汚（けが）し、一族の恥さらしになるのが関の山だ。それでもよい、とひらき直るつもりか！

新八郎　……（静かに頭を下げて、背を向け、歩み去ってゆく）

犬飼　まったく……なんて奴だ。……昔は、もう少し、かわいげのある奴で、ずいぶん、ひいきにもしてやったものを……恩知らずが。吉原通い（よしわら）も、茶屋遊びも、わしが手ほどきしてやったし、酒の味も、釣り（つ）の面白さも教えたし、大店（おおだな）の若旦那衆（わかだんな）との付き合いを手づるに、「金策」の工面（くめん）をする才覚や、出世の足がかりともなる、人脈を使った「手柄（てがら）」の立て方も授け（さず）てやろうと思ったことさえあったのだが……とんだ見込み違いじゃった。

恩を仇（あだ）で返しおって……

津田　おぬしの気持もわからんではないが、刈谷新八郎へのおぬしの絡み（から）方は、俺の目から見ても、いささか度が過ぎておるように思うがの……

犬飼　なに？　貴様まで、何を言うか！　俺はただ、昔なじみの先輩・友人として、見るに忍びないから、敢え（あ）て苦言（くげん）を呈したまでのこと。

津田　それは、そうかもしれんが……。怒るなよ、源次郎……あくまで俺の勝手な印象にすぎぬのだが、……おぬしは、以前から、新八郎がおぬしを避けるようになってから、奴の言動に妙に苛々（いらいら）しすぎる。お京さんと付き合うようになってからは、特にひどい……端（はた）から見ていても、露骨にわかっちまう。

犬飼　なんだと！　俺が、あんな、小便臭え小娘に、本気で気があるとでも言うのか！　冗談じゃねえ…。俺が、あんな、どこの馬の骨だかわかりゃしねえ浪人者のしがねえ私塾教師の一人娘を、嫁に迎える算段でもしている、と思ってるのか？

見損なうな！　俺には、ちゃんと、柳橋に、馴染みの芸者の情婦がおるのは、おぬしも知っておろう。それも、一人や二人じゃねえ……わしに、けなげに貢いでくれる、年増の大店の女房だっておるんだ……女に、不自由はしていねえ。

嫁だって、そのうち娶らねばならぬが、その時は、ちゃんと、しかるべき家柄の武家の娘を迎えるつもりだ。そのへんの「ケジメ」は、俺なりにきちっとつける。

津田　わかった、わかった……「生き馬の目を抜く」やり手の貴公の〈お手並み〉は、とうに存じ上げておるわ。

だが、それなら、新八郎のごとき、世間知らずの〈青二才〉に、なぜに、あのように苛立つ？　…わしには、とんと解せんな。貴公ほどの〈才子〉なら、歯牙にもかける必要はないはずではないか？

犬飼　おぬしには、何を息巻く、と笑われるかもしれんが、…あいつとは因縁もあって、付き合いも古い。俺には、あいつのような生き方が許せんのだ。リクツじゃねえ……

いい歳して、全然〈大人〉になってねえ、なりようのねえ、あいつの妙に涼しげな眼に、なんとも胸がムカつくんだ……許せねえんだ……

あいつは、普通のまっとうな〈大人〉なら誰だってやってることができねえ……誰だって耐えてることに、こらえ性がねえ。子供みてえな綺麗事をふりかざして、ありもしねえ綺麗な、他愛もない子供じみた〈お宝〉を、いつまでも後生大事に守って、この浮き世を、のほほんと、己れ一人、汚れることなく生きていけると思い込んでる。

一文の得にもならねえことのために、生き死にを賭けたり、人を信じたりできるのが、人の〈真実〉の姿なのだと、あいつは、いつか俺に言ったことがあった……

あいつは、この世の中ってもんが、人間という生き物が、どんなものだか、まるでわかっちゃいねえんだ……

津田　……源次郎……

犬飼　俺は、あんな甘やかされた、お家代々のお旗本のボンボンとは違う。兵馬、おぬしには話したことがあったの……。俺の家は、昔からの、譜代の「御家人」の出ではない。鍼医者で盲人の高利貸しだった祖父が「御家人株」を買い、それを、芸者に生ませた子である俺の親父に継がせた。親父は、結局、二十石止まりの貧乏御家人のまま上州の代官所の下っ端役人で終わり、おふくろも病死してしまった。子だくさんの家だったし、幼い頃から、そりゃもう、ろくでもない暮らしっぷりで、寒々とした一家の、じめついた陰気な風景は忘れられねえ……

一点の曇りもない、温もりに満ちた、いい思い出なんか……そんな夢物語の風景なんざ、ほんとは、これっぽっちも浮かんじゃこねえんだ。

たしかに、時には、活気に満ちた、温けえ家族の風景ってのも、あったことはあった。今じゃ、ぼんやりとしか覚えていねえことも多いけど……まとまったゼニが入ってきた時や、旨い物にありついた時、親父が上役や同僚にみとめられたり、塾での俺の成績が良くて、ほめられたりした時とか、だ……。そりゃ、楽しかったし、親父とおふくろの仲が良くて、俺を可愛がってくれた時の思い出が浮かんでくる時は、いいもんだ……

でも、俺にはわかっていたんだ。そんな、一時のはかない喜びの背後に、とてつもねえ、厳しくて残酷な、人の世の成り立ちと仕組って奴がどす黒く横たわっていて、いつも、俺たち家族を脅かしていたってことをな……

俺の子供時代の思い出には、いつも、貧しく寒々とした〈暮らし〉の影が落ちていた。俺はな、兵馬、…そんな風景の中で、親父やおふくろの姿を見ながら、幼い頃から、子供心なりに、「生きる」ってことがどんなことだか、肌身に沁みて感じながら育ってきた。

新八郎のような、甘ちゃんとは、似ても似つかねえ境遇なのさ……。そりゃあ、いろんなことがあったさ……親父は酒びたりだったし、呑むと酒乱の気があって、人が変わったしな。

津田　源次郎……よくわかるさ。俺だって、おぬしと同じ貧乏御家人の小倅だ。それこそ、いろんなことがあったし、おぬしの言いたいことは、よくわかる……俺には、おぬしのような才覚は逆さに振っても出てこねえが、カネと出世がすべて、と割り切らねえと、生きていけねえような世の中だ、ぐらいのことはわかる。たった一度っきりの人生だもんな……オモシロ可笑しく生きなきゃ、つまらねえ……そのためには、カネと力がなきゃ、何もできやしねえ……屁みたいなもんだ。綺麗事ぬかして、子供みてえな夢を追っかけてる新八郎のような青臭いガキをいたぶりたい、というおぬしの気持も、なんとなくわかるが……

犬飼　あいつは、親の庇護の下にヌクヌクとくるまれながら、甘ったるい夢をみつづけているだけの、ただの世間知らずのガキのくせに、笑止千万にも、空理空論の、ハリボテのような学問を振りかざして、俺たちのような、まっとうな〈大人〉を、汚れた俗物とみなして、さげすんでやがるんだ。

俺は、あいつに、人の世の真の姿、生きることのどうしようもない厳しさというものを、骨の髄まで思い知らせて、あいつに苦い悔し涙を流させて、幼い、甘ったれた己れを丸ごと捨てさせた上で、本当の〈大人〉にしてやりたいんだ。まっとうな〈大人〉の前に、きちんと這いつくばらせてやりたいんだ……

津田　わからねえことはないが……しかし、俺には、そんなことを言うおぬしにもまた、新八郎と似たりよったりの、ある種の「青臭い」ガキっぽさを感じてしまうのだがの……

源次郎、おぬしの中にも、カネや出世だけじゃ飽き足らねえ、なにか、……うまく言えねえけど、〈理想〉というか、〈夢〉っていうか、そんなものが欲しいっていう己れが潜んでいるのではないのか？

だから、新八郎にも、新八郎とお京さんの仲にも、そんなに苛つくんじゃないのか？

あいつらが、おぬしのもっていない何かをもってるような気がして……

犬飼　ふん……冗談じゃねえ。俺が、あんなガキどもと同じ類の人間だっていうのか？

津田　そうは言わんさ……ただな、俺にも、ちょっぴり、あいつらがうらやましいって、柄にもなく思う時が、ないこともないからさ……

犬飼　俺には、「絵に描いた餅」のような、他愛ない〈夢〉などはない。

ただな、兵馬……俺も、昌平黌では、出世のためとはいえ、けっこう身を入れて学んだクチだ。二年前、俺が昌平黌を卒業する直前に、かの有名な林家の塾長であられた佐藤一斎先生が、幕府儒官として、昌平黌で正式に講義されることとなり、俺も、その謦咳に接することができた。

そこで、先生の学問の中心にある「志」という言葉に、初めて本格的にふれる機会があったんだ。

　改まって「志」と言うと、俺たちのような者にとっては、気恥ずかしい、建て前だけの綺麗事の言葉のように思えるかもしれんが、佐藤先生のこの言葉には、先生独自の深い意味が込められておることは、すぐわかった。

　おぬしも知っておろう、「志斉塾」の主宰者・狭間主膳殿のことを。

津田　うむ。

犬飼　俺の友人で、今「目付」の配下に居て、「徒目付組頭」をやっている者がおるが、以前、志斉塾の塾生だったことがあり、狭間殿が佐藤一斎先生の〈学統〉に属することを俺に教えてくれたことがあった。

　そこで、昌平黌で佐藤先生の声に直に接して、その教えに大そう興味をそそられた俺は、その友人の紹介で狭間殿にもお会いして、かの御仁から、さらに、佐藤先生の考え方を、深くご教示頂いたのだ。

　しかし、狭間殿の解釈は、また、彼独自のものがあり、儒学のみならず、洋学・蘭学にも詳しく、その上、西洋を含む世界の情勢をもつぶさにご存知で、その窮理の学は、まことに恐るべきものがあると、俺はすっかり感服してしまった。

以来、狭間殿の学に傾倒した俺は、勘定所に勤めるようになってからも、暇をみつけては、かの御仁の説かれる〈志〉なるものに、少しずつ目をひらかされてきた……

津田　俺も、「志斉塾」の「志」という名称が、狭間さん独自の〈志〉を意味し、それが、佐藤一斎先生の「志」から来ている、という話を、友人の塾生出身者から耳にしたことがある。

しかし、佐藤先生は、二年前に亡くなられた大学頭・林述斎先生の愛弟子で、表向きは、幕府儒学の元締「林家」の塾長だったということで、朱子学を看板とされておられるが、裏では、異端の学である陽明学をも密かに教えられ、「陽朱陰王」つまり陽明学・朱子学の陰の帝王と噂されておるとのこと……

犬飼　うむ……だが、佐藤一斎先生の陽明学は、決して、水明塾の河井月之介が教えているような、かの大塩平八郎のごとき「乱臣賊子」の学に通ずるものではない。まっとうな「治国平天下」の学問じゃ。

幕府が国を正しく治めるのに不可欠の「治者の道」を教えるべき朱子学の、「理詰め」だらけの欠点というものを補って、昨今の、外国船による侵略の脅威にも備え、風雲急を告げつつある、これからの世界の情勢に、現実的に正しく対応せんとする、地に足の着いた「実践の学」を創るために、「陽明学」の発想を、部分的に利用せんとするものなのだ。

俺は、この、佐藤一斎先生から狭間主膳殿に受け継がれた学問の流れの中に息づいている、「現実をきちんと見据える眼」という奴が、気に入っている。
兵馬、おぬしは先ほど、俺にも、理想・夢を求めてやまない己れ自身が潜んでいるのではないか、と言うておったが、俺に欲しい夢があるとしたら、それは、新八郎のごとき、青臭い、子供のような、女子のような、他愛のない絵空事の夢ではなく、厳しい苦い現実をふまえた、〈大人〉の夢であり、〈志〉のことだ。
そういう〈志〉なら欲しいいし、実は、兵馬、……そのために、俺は、俺なりに、今密かに、一歩を踏み出さんとしているところなのだ……

津田　何か、もくろんでおるのか、貴公……？

犬飼　今の段階では、まだ貴公に打ち明けるわけにはいかぬが、実は兵馬、近々、どえらい変事が、われらの身辺のすぐそばで起こることになる……今はまだ、それだけしか口にできぬが、しかし、この変事は、わしにとっても、おぬしの出世にとっても、決して悪い話ではない。

津田　まさか……わしの勤める南町奉行所の人事に累が及ぶような、とんでもない大それた企みではあるまいの？

犬飼　心配いたすな……。いつ首をきられても惜しくも何ともないような、無能な奴らを一掃して、幕政の刷新を図る、長期的な展望に立った手堅い画策の「第一歩」にすぎん。貴公が「与力」を勤める「江戸南町奉行所」の元締は、例の、蛇のごとき智略に長けた、泣く子も黙る、「妖怪」と怖れられた鳥居甲斐守殿だ。
　お奉行の鳥居殿は、「目付」の職にあられた頃から、旗本・御家人はもとより、諸藩の動勢にも、抜かりなく目を光らせ、摘み取るべき危険な芽は、巧みに口実を設けて、容赦なく摘み取り、前のご老中・水野越前守殿の〈懐刀〉として、陰に陽に、幕政の強化に努めてこられた御仁じゃ。しかも、大学頭であられた林述斎殿のご子息でもあられる。

津田　……うむ……

犬飼　水野ご老中の出された「倹約令」のおかげで、厳しい風俗の取り締まりの責任者となられ、江戸の下々の者たちからは、「マムシの耀蔵」「鳥居の妖怪」などと怖れられ、忌み嫌われておるが、鳥居様の〈本意〉は、あくまでも、幕府権威の安泰による、民政の安定と諸大名及び幕臣の支配強化にある。そのことが、ひいては、わが国を脅かす諸外国への備えの道でもあるとお考えになっておられる。
　決して、いたずらに旧き政の形に固執し、やみくもに弾圧を図ろうとなされておられるわけではない。先に挙げた佐藤一斎先生や狭間主膳殿の新たな学問のあり方にも、前向きな興味と理解を示されておる。われらが、ひそかに企図している〈幕政改革〉のあり方にも、必ずや、ご協力いただけるものと、わしは考えておる。

津田 ……うむ……町奉行所の一介の「与力」にすぎんわしには、今のご政道をめぐる問題は、むつかしすぎて、あまりよくはわからんが……

犬飼 ……まあ、聞け……。この天保十四年・閏九月に、水野越前守様は、数々の改革の不首尾を幕閣から糾弾され、諸大名・旗本から下々の者たちに至るまでの、かつてない烈しい非難の声を浴びながら、ついにご老中の座を追われることになった。

しかし、南町奉行・鳥居甲斐守様は、すでに、水野ご老中が失脚される、はるか以前から、その政の限界を見通しておられ、金座の元締・後藤三右衛門殿としめしあわせながら、「反水野派」の老中や幕閣の要人たちに密かに〈渡り〉をつけておられた。

水野殿とは、ひと味もふた味も違う、食えない御仁と、わしは見ておる。

兵馬、おぬしは、「与力」として、そのお奉行の鳥居様の信任も厚い。

ここは、ひとつ、〈手柄〉を立てる、願ってもない好機というものぞ……

どうだ、わしの話に乗ってみるか？

津田 なにやら、そら怖ろしい気もするが、……一体、俺に何をしろというのだ？

犬飼 端的に言おう……河井月之介の水明塾に通う「三人」の人物の挙動を見張り、ひそかに探って、俺に逐一、報告してもらいたいのだ。

津田　その三人とは？

犬飼　小幡藤九郎（おばたとうくろう）、黒川竜之進（くろかわりゅうのしん）、村上喬平（むらかみきょうへい）の三人の塾生だ。
この内、黒川竜之進と村上喬平は、狭間主膳殿の「志斉塾（しせいじゅく）」の出身者で、黒川は今、志斉塾の「塾長」、村上は、「助教（じょきょう）」を勤めながら、同時に、「水明塾」にも通っている、という変わり者だ……

津田　なぜ、天下に名高い「志斉塾」の塾長や助教を勤めるほどの者が、あんな水明塾のごとき、無名の浪人者の営む、しがない私塾に出入りしておるのだ？

犬飼　俺にも、よくはわからん……どうも、狭間殿の隠された思惑（おもわく）もあるらしい……
なにせ、あの水明塾には、わしや貴公のような者にはよくわからん、変に薄気味の悪いものがある……
刈谷新八郎のような、空理空論を振り回す、ケツの青いガキなどは、意に介する必要もないが、奴が傾倒しておる河井月之介という男には、なにか、つかみ所のない、得体の知れぬ暗い匂いが立ち込めている。
…まさか、大塩平八郎のごとき、大それた逆賊にならんとする乱心の持ち主とも思えんのだが、正直、わしも、奴が何を考えているのか、…いかなる故（ゆえ）あって、きゃつの許（もと）に、あのように、毎年、ひとクセもふたクセもある若者どもが熱心に集まってくるのか、とんと解せぬのだ……
奴にも、奴の許に集う塾生たちにも、われらの到底うかがい知れぬような、なにか、妙な〈妖気〉というか…〈殺気〉のようなものが漂っている。

津田　先ほど、新八郎が、「あなた方は、私のことを、本当は何一つわかっていない」と言うておったが……

犬飼　ああ……そうだったの…。あやつの、あの言葉にも、そういえば、河井月之介の匂いが、どこかつきまとっておった……。やはり、なんとも薄気味の悪い塾だ。
狭間殿も、どこかで、その「キナ臭い」匂いが、気にかかっておられるのかもしれん。
大塩平八郎の「洗心洞」の前例もあるからの……。洗心洞も、世間を震撼させた、あの乱が勃発するまでは、まったくもって、ただのしがない、市井の地味な私塾にすぎなかったのだ……

津田　しかし、それはそれとして、おぬしの言うた、水明塾に通うその三人の挙動を、見張り、報告することが、なぜに、わしの〈手柄〉につながるというのだ？
この三人が、なにか、大それた悪事を働こうともくろんでいる、とでもいうのか？

犬飼　いや、どうも、そうとも限らぬようだ……。今はまだ詳しくはいえんが、この件は、もちろん、わし一人が関わっているわけではないし、色々と複雑な事情があるようだ。わし自身にも、まだ完全には知らされておらぬこともある。
おぬしには、追々、わしの知っている限りの実情を話そうとは思っておるが、今はまだ、何もかも話すというわけにもまいらぬ。
ただ、おぬしがこれから、わしの話を全面的に信頼し、わしの指図に従って動いてくれるなら、まず間違いなく、おぬしの「大手柄」になるし、「出世」への道につながる、ということだけは、断言できる……。どうだ？　ここまで話しても不服か？

津田　……わかった。貴公の才覚と見通しを信じてみよう……
で、…一体、その三人の塾生の何を、どのように探ればよいのだ？

犬飼　まあ、そう急くな。本日は、せっかくの「非番」の日ではないか、慌てることはない。
具体的な段取りと要点については、夕飯を食い、一献傾けながら、ゆっくり相談しようではないか。戌の刻、柳橋の例の店で落ち合おう。

津田　相わかった……それでは、後刻また……

（二人退場）

第四幕　刈谷家

（4）第一場　天保十四年（一八四三）・晩秋〔陰暦・閏九月〕

神田にある旗本・刈谷家の一室。夕刻のひと時。

新八郎の父・刈谷頼母、母・織江、叔母・奥村邦江、姉・片桐志野による談笑の場面。

頼母　こんなふうに、皆が揃うのも、久方ぶりじゃの……
　邦江殿のお顔を見るのも、去年の夏以来じゃ。父の十三回忌の節は、色々とお世話になりもうした。

邦江　頼母様、こちらこそ、…その節は、なにかと行き届きませず、不調法でございました。
　今年の夏は厳しゅうございましたが、ご壮健のご様子で、なによりのことと存じます。
　姉上も、お元気そうで、安堵いたしました。

織江　それが、そうでもないのですよ、邦江……あなたも、ご存知だと思うけど、相も変わらず、新八郎のことで頭を痛めてばかりの毎日で、……この頃は、特に気鬱(きうつ)がひどいのです。

今日は、半年ぶりに、志野(しの)も里帰りしているので、新八郎が帰ったら、こんこんと言い聞かせてやるようにと、先ほども申しておったところです。

なにせ、あの子は、わたくしたち両親の言うことにも、兄の伝七郎(でんしちろう)の厳しい苦言(くげん)にも、一向に耳を貸そうとはしないのですから……

邦江　新八郎は、昔から、志野殿の申すことにだけは、不思議に神妙に耳を傾けていましたものね……姉なのに、まるで、実の母親みたいでしたわ……

織江　そうなのよ……小さい頃から、わたくしには、あんまりなつかなかったわ……

ずいぶん、可愛(かわい)がって育てたつもりでしたし、わたくし、あんまり乳が出なかったから、あの子は、乳母(うば)の乳の世話になることが多かったけど、でも、たっぷり乳を呑ませて、大切に育てたわ……。何不自由なく暮らしながら育ってきたし、教育だって、きちんと施してきたし……小さい頃は病気がちだったけど、賢くて、書を読めるようになってからは、漢籍から物語の類(たぐい)まで、一人で黙々と好きなものを読みふけっていたわ。食事も、そっちのけで……

ただ、幼い頃から、妙に物事に感じやすくて、癇(かん)が強くて、ずいぶんわたくしどもを手こずらせてきたものよ…。イヤなことは絶対やろうとしないし、嫌いなものや、嫌いな人には、露骨に背を向けて、態度にあらわすから、本当に困り果てたわ。

邦江　そうそう…とにかく、我の強い、手に負えないワガママな、神経質な子だったわ。

織江　それにね、おそろしく引っ込み思案なところがあって、「人みしり」が強いのよ。
　わたくしも主人も、新八郎が何を考えてるんだか、時々わからなくなって、手を焼いたものよ……
　でも、そんな時でも、なぜか、あの子は、この志野にだけはなついて、言うことをきくのよ……小さい時から、新八郎は、志野ばかり追っかけて、ふたりだけで遊んでいることが多かった……
　困った時は、だから、いつも志野に助けてもらって、言いふくめてもらったわ……

邦江　今でも、変わらないみたいね……新八郎のそんなとこ。
　ホント、全然〈大人〉になってないんだから……。伝七郎殿も、志野殿も、今じゃ、こんなにしっかりした立派な大人になってるのに、織江姉さん、一体どこで、あの子を育てそこなったのかしらね？

織江　あら……まるで、わたくしが、母親として、なにか欠けたところのある女だといわんばかりね？

邦江　まあ、…。そんなこと言うつもりは、毛頭ないわ……（笑）。姉さん、お疲れになっておられるせいか、どうかしてるわ……そんなに、ピリピリなさって……

昔から、織江姉さんは、新八郎には、変に〈思い入れ〉が強くて、期待してらしたものね……。たしかに、小さい頃は、妙にカンが鋭くて、子供のくせに、人の心を見透かすような、小生意気なところがあったわ……この子は、天賦の聡明な資質を備えているって、叔父様が言っておられたのを、私も覚えているわ。

妙に内気で、神経質で、女の子みたいだわって思えることもあるのに、うって変わって、今度は、やたら活発で、物怖じせずに果断にふるまうこともあったりで……ほとほと手を焼いたものよ。妙にもの静かで落ち着きはらっているかと思うと、突発的に気性の烈しいところが出てきたりして……とにかく、何を考えてるのかわからないし、面白い子だったけど、私、苦手だったわ……

半之丞とは、よく、子供の頃、ケンカばかりしてたけど、でも、イトコ同士、けっこういい遊び友達だったわよね。

織江　そうね……。でも、半之丞殿も、今では、書院番組頭にまでなられて……いいわね、邦江。新八郎とは、大違いだわ……

邦江　まだ駆け出しの若輩者なのに、異例の抜擢で、わたくしも主人も、経験不足で早すぎる、と当惑しておりますわ。

頼母　さようか……ご子息の半之丞殿が書院番組頭にの……。いや、うらやましき限りじゃ。新八郎とさほど歳も違わぬのに、雲泥の差じゃ……

書院番は、小姓組番と並んで「番方」に属し、江戸城を警護して、将軍家のお供をするのがお役目じゃ。われらの勤める勘定所や作事方・普請方のような、実務を担う「役方」とは違い、とかく、堅苦しいだけの味気ないご奉公と思われがちだが、将軍家のお側近くお仕えする、名誉ある役職じゃ。

その書院番組衆を束ねる「組頭」の一人に抜擢されたとはの……

邦江殿のご主人・奥村忠左衛門殿も、元は、書院番頭を務められ、後には、普請奉行も歴任されたお方……。「番方」「役方」の双方にわたって、人望厚く、ひいき筋のお方も多い、と聞き及んでおる。

半之丞殿の将来も、奥村家も、これで、まずは安泰……いや、うらやましいことじゃ。

邦江　刈谷家も、伝七郎殿が勘定組頭であらせられるのですから、前途は洋々たるものだと思いますわ。伝七郎殿は、勤勉で実直なお方と勘定所内での評判も良い、とお聞きしていますわ。

頼母　しかし、わしは要領が悪く、上役のお覚えもあまり良うなかったせいか、結局、勘定所内での役職は「お蔵奉行」止まりで、他の役職への「栄転」の話も、とうとう無いままに、うだつの上がらぬ役人人生で終わってしまった……伝七郎だけは、そうはさせとうないのじゃが……

邦江　ご心配いりませんわよ、お義兄様。伝七郎殿は、新八郎とは違い、性格も温厚、恩師や先輩・同僚はもとより、上役への義理もおろそかにせず、人への気配りもまめで、少々お堅いところはおありだけれど、責任感の強い、しっかり者の〈大人〉ですもの。

頼母　じゃがの、邦江殿……。わしは、長い勘定所勤めの間、何度か、上役たちの〈派閥争い〉による「権力の交替劇」に巻き込まれて、苦汁をなめさせられてきた経験をもっておる……。他の役所でも、似たりよったりではあろうが、勘定所は、特に伝七郎が今勤めておる、幕府の〈財政〉を扱う「勝手方」においては、裏でいかなる派閥の者どもによる、利害得失の駆け引きが行われておるか、わかったものではないのだ……勝手方ではなくとも、幕府天領と旗本知行所の治安・行政を預かる「公事方」においても、つねに、犯罪の目こぼしや不祥事の隠匿を図る不逞の輩による〈賄賂〉の横行が絶えないのが実情じゃ。

勘定所というところは、勝手方・公事方を問わず、上は勘定奉行から、下は平の勘定衆や代官に至るまで、つねに、さまざまな〈派閥〉の利害が複雑に絡み合う、油断のならぬ役所なのだ……

わしが、何度も〈冷や飯〉を食らわされ、最終的に、お蔵奉行などという、幕府米蔵の管理・出納をつかさどる、お堅いだけの役職に甘んじてきたのも、己が保身と一家の安泰を図るための、精一杯の苦心と忍耐のたまものでの……これでも、けっこう、色々あったのだ……

邦江　お察ししますわ、お義兄様……主人の忠左衛門殿からも、頼母様の〈苦労話〉は、色々とお聞きしておりますもの……

頼母　なにせ、わしの取り柄というては、自ら不正・悪事を犯さず、なんとか、己れのあてがわれた実務上の責任を全うすることだけで、上の連中や同僚の醜悪な不正を糾すだけの勇気も、自ら大それた謀り事を企み、悪徳も意に介さず、己れの野心を満たさんとするほどの胆力も無いままに、かろうじて今日まで、致命的なおとがめをこうむらずに、小心翼々と刈谷家の体面を守り抜いてきたにすぎん……

伝七郎は、わしに似て、責任感の強い、実直な人柄なのはよいが、まだ世間知らずで、融通がきかなさすぎる。どこかで思わぬ「足のすくわれ方」をせねばよいがと、それだけが気がかりでの……。一生費やして、わしのような「冷や飯食らい」で終わっては、父親としても、無念至極じゃ……。生き馬の目を抜く勘定所ではなくとも、他の役所でもよいから、わしと違って、己れの〈才覚〉を存分に活かせるような職にまで昇り、刈谷の家名を挙げてもらいたい……というのが、この頼母の悲願なのじゃ……

邦江　お義兄様、よくわかりますわ、そのお気持……。お義兄様の今のお心、新八郎にも、爪の垢を煎じて呑ませたくおもいますわ……

頼母　新八郎にもう少し、侍らしい気概があればのう……。あやつには、伝七郎にはない、人の心を見抜く、妙な勘の鋭さと、不思議に肚のすわった、時にわしのような者にはそら怖ろしくさえ感ぜられるほどの〈果断さ〉と、何をやらかすかわからぬ、得体の知れぬ烈しい気性がある……

その天性の資質が、学問によって陶冶され、〈人付き合い〉の中でもまれ、きちんとした〈分別〉へと育ってくれればのう……本当に、刈谷家の繁栄を担ってゆける、頼もしい〈大器〉となってくれようものを……

奴の今の、〈大人〉になりようのない、甘ったれた性根では、いかんともしがたい。

ひと頃は、成績の良い、利発な子で、昌平黌に入った時は、学識ゆたかな先生方に将来を嘱望されておったし、小野道場での稽古にも熱心で、文武両道に秀でた逸材として、旗本仲間でも評判の子だったのだ……

邦江　さようでございましたわね。

織江姉さんも頼母様も、おふたりとも、新八郎のゆく末を、それは楽しみにしておられましたわ……

頼母　それがどうじゃ……。昌平黌の方は辞めてしまうし、道場の方も、休みがちになり、家に終日ごろごろしている日があるかと思えば、タチの悪い、ならず者も同然の、旗本・御家人の「部屋住み」の悪童どもと、夜通し、本所・両国橋界隈の悪場所を渡り歩き、旗本屋敷での、ご法度の博打にのめり込んで借財までこしらえて、わしらに迷惑をかけたこともあった……

　そいつらとの付き合いは、ようやく打ち止めになったようじゃが、その代わりに、今度は、どこの馬の骨ともわからぬ、河井某とかいう浪人者の営む〈私塾〉の塾生となって、早、二年以上にもなろうかの……

邦江　その話は、前にも、法事の時に、ちらっと織江姉さんからお聞きしたことがありますし、新八郎と知り合いの、他の旗本の家の方からも、耳にしたことがあります……なんでも、「異端の学」である陽明学を講じている塾だとか……それも、あの乱心賊徒の大塩平八郎にゆかりの教えを説く者であるとかいう……

頼母　そうなのじゃ……わしにも、詳しいことはしかとはわからなんだが、一時は、ひどく案じての……。だが、軽率な出まかせの噂話をうかと信じて、断じても宜しゅうないと思い、さるつてを使って、いろいろと調べてもろうたのじゃ。

邦江　いかがでござりました？　なにか、うしろ暗い処のある、不逞の輩の疑いでもござりましたか？

頼母　いや…別段、さような懸念には及ばなかった。きわめて真面目に、陽明学や国学を中心とする学理の道を説かれておる。一風変わった独自の考えの持ち主ではあるらしいが、お上の御政道をあからさまに批判したり、人の道に反する、なんらかの淫祠邪教の類で若者どもを迷わせるような御仁ではないらしい。

…ただ、……どうも、その、…わしには、いまいち合点がゆかぬし、解せぬのだ……

それなら、なぜに、新八郎は、もっと由緒正しい、評判の高い私塾に行こうとせぬのか？

そんな有名塾は、この江戸には、いくらでもあるというのに……。どうしても、解せんのだ……

それに、新八郎は、あの「水明塾」に通うようになってから、たしかに変わったのじゃ。

邦江　新八郎が、今のように、傍若無人の生き方をするようになったのも、そのせいか、と？

頼母　いや……そうも言えぬ。水明塾に通うより前のあやつは、もっと荒れておった……

織江　それは、たしかにそうでしたわ……。酒びたりの毎日だったこともありましたし、いきなり逆上して、主人や伝七郎と口論になったり、大暴れして、家の品々を次々に台無しにしたり、家宝の壺を叩き壊して、伝七郎と、もう少しで刃傷沙汰になりかねないほどの、血まみれの殴り合いをしたこともあったわ……他の道場の者や町の無頼の徒との〈果たし合い〉もあって、大ケガさせた相手に、主人がもみ消しのために金子を持参して、謝罪したこともあったのよ……ここだけの話だけど。

家の恥なので、邦江、あなたにも言えなかったわ。

邦江 なんてこと……うちの半之丞も、悪さしたことは色々あったけど、そんな、とんでもない所業をしでかしたことはなかったわ……やっぱり、新八郎は、何をしでかすかわからない、恐い子ね……そんな話聞いたら、もうわたし、あの子に、うかつに口もきけやしないわ。

織江 でもね、邦江、……あの子は、水明塾に通うようになってから、そんな悪さだけは、しなくなったの…。相変わらず、私たち親の言葉にも、兄の伝七郎の話にも、聴く耳もたないけどね…。水明塾の何かが、あの子を変えたのも、たしかなの……

依然として、刈谷家のゆく末を案ずる主人やわたくしの願いにも、何一つ応えようとはしてくれないし、まっとうに職を探して身を立てようとする兆しも、一向に見えてこないけれども。

頼母　思えば、数年前の、あの一時期の新八郎の所業のひどさと比べれば、今は、随分マシになったものよ…。あの頃は、毎日何が起こるかと、生きた心地もせん日々が続いておった。

織江は、新八郎に、なにやら悪しき妖魔のたぐいが憑いておるに相違ない、と申して、修験者に来てもろうて、加持祈祷に明け暮れたこともあった。

あの頃をおもえば、今の新八郎は、内実はともかく、少なくとも表向きは、われら家族の者にも礼儀正しくふるもうておるし、迷惑をかける風でもない。相変わらず何を考えておるのやら、さっぱり解せぬし、まっとうな、責任ある大人になろうとする気概もまったくうかがえぬが、少なくとも水明塾にも道場にも一応通っておるようだし、本人なりに、何かを求めて、真面目に精進しておるのやもしれぬ。

親としては、そっと見守ってやりたいところだが、あやつも、もう二十二だ……。養子先を探すでもなし、職につこうとそれなりに相努める気配もない。もちろん、縁談などは、夢のまた夢だ。

刈谷家は、たかだか二百五十石の旗本だ。今まで背負ってきた、札差への積もり積もった借財の大きさを思えば、決して裕福な家とはいえぬ。

このまま新八郎が不甲斐ない「部屋住み」のすねかじりを続けて、一向に立ち直る兆しがなければ、あやつは、どうにもこうにも立ちゆかなくなるし、生きてゆくことすら、ままならぬ。

今度という今度は、あやつの性根を、根本から叩き直さねばならぬ。

そのために、本日、嫁にいった志野に頼んで、わざわざ特別に、里帰りをしてもろうたのじゃ。のう、志野？

志野　…はい。でも、お父様、わたくしは、すでに片桐家に嫁いで、二年近くにもなる身です。新八郎にも、もう久しく顔を合わせてはおりませぬ。
はたして、お父様やお母様のご期待に応えることができるものやら…とんと、今のわたくしには自信がもてませぬ……

頼母　そなたは、作事方吟味役・片桐惣右衛門殿の妻じゃ。作事方といえば、幕府の行う土木・建築工事一切の中心に立つ役所ぞ。その工事の内実、出来如何を厳しく吟味するのが、片桐殿のお役目だ。

そなたも存じておろうが、今、わが国の近海には、エゲレス・オロシャ・メリケンなどの外国船がしきりに出没し、幕府に交易を迫り、わが国の独立を脅かさんとしておる。

幕府は、その諸外国の脅威に備えるために、江戸近辺の相模・安房・上総・下総の沿岸の防備を固め、その一貫として護岸工事を進めんとする計画を立てておるそうじゃ。

さらにまた、お上は、治水・灌漑工事を中心として、天保の大飢饉で荒れ果てた田畑の開墾や街道筋の整備など、関東各地の各種土木工事の大々的な見直しを図ることで、江戸・上方の有力商人衆の力を大動員して、思い切った〈投資〉を推し進めることで、景気の回復をもくろんでおる、との噂も、わしは、つい先頃耳にしたところじゃ。

もし、それらの話がまことであれば、志野、……

志野　……はい。

頼母　それらの大々的な土木工事の中心に立つ幕府作事方の、大事なる〈責任〉の一端を担うのは、「作事方吟味役」である、そなたの夫・片桐惣右衛門殿となるはずじゃ……

志野　……はい。

頼母　さればじゃ……。もし、片桐殿のお力添えにて、新八郎めが、「作事方」の役職につくことができ、晴れて、ご奉公がかなうならば、あやつは、一気に、今までの不甲斐ない境遇から脱して、存分に腕をふるえる機会が到来せぬとも限らぬのじゃ……

そうなれば、わしと織江も長年の憂いから解放されて、新八郎も、刈谷家の恥さらしとの汚名を返上して、わが家名を挙げるために、鋭意、尽力してくれるようになるかもしれぬ……

織江　あなた……それは、本当のお話でございますか！　そんな、夢のようなお話が、ありうるのでございましょうか？

頼母　まだ、しかとは、わしにもわからん……。だが、例の勘定吟味方におられる中野殿から、先日こっそり打ち明けられた話だ……おそらく、まちがいはあるまい。

織江　ああ……そんなことが本当にかなうなら、わたくし、どんなに、どんなに幸せなことでしょう！　長年のこの気鬱が、一気に、あとかたもなく晴れますわ。

志野　お父様のそのお話が本当なら、夫の惣右衛門も、きっと新八郎と刈谷の家のために、力になってくれますわ。本当に、そうなれば、わたくしも、どんなに嬉しいか。

邦江　新八郎が立ち直ってくれて、刈谷の家名を挙げてくれるのなら、わたくしも一族の者として誇らしく思いますし、奥村の家にも名誉なこととなりましょう。

頼母　だが…やはり気がかりは、新八郎めの〈性根〉じゃ……

どうも、その……わしは、あやつが、そう易々と、わしらのこの話に乗って、「作事方」にご奉公する気になってくれるような気がせんでの……

あやつの、あの〈大人〉に成り切れない、妙に遠い目をした、何か、われらとは別天地にさまようておるような、薄気味の悪い、暗い匂いという奴が、どうにも解せぬし、苦手での……

ここは、どうしても、志野の力が要る、とおもうたのだ。

幼い頃からむつみ合(お)うてきた志野になら、新八めも、あるいは、素直に心をひらいてくれるやもしれぬ。

志野　わたくしに、どれだけのことができるのか、わかりませぬが、ともかく、今宵(こよい)、新八郎と久しぶりに、水入らずで話してみるつもりでございます。

あの子とわたくしも、今では、全然、別の世界に住んでいるのやもしれません……でも、昔は、あの子の感じている何かは、リクツではなく、なんというか、その…身体(からだ)で、わたくし、わかることが多かったのです……それはとても不思議なもので、今でも、その感覚が残っているのかどうか……今でも、あの子の痛みや渇(かわ)きや喜びや、そういうものが、はたしていささかでも感じ取れるのかどうか、……とても不安ではありますけれど、とにかく、話してみますわ。

お父様、お母様のお役に立てるかどうか、…ほんとうに、おぼつかないのですけど……

頼母　ひとつ、宜(よろ)しく頼む…

織江　志野、お願いね…

志野　……はい。

邦江　ところで、伝七郎殿は、まだお帰りではないのですか？

わたし、早く、あの子の顔を見たいのだけれど……

頼母　もう、酉(とり)の刻(こく)でござろうから、追っつけ、帰宅する時分でござるが……

（廊下(ろうか)に出て、女中(じょちゅう)を呼ぶ）お民(たみ)、お民(たみ)！

お民　はい、旦那様(だんなさま)。

頼母　伝七郎は、まだ、お城から戻らぬのか？

お民　若旦那様(わかだんなさま)は、先ほど、お戻りになられて、お着替えを済ませておられます。

追っつけ、こちらに参られると申されておられました。

頼母　おお、さようか……。新八郎の方は、まだじゃの？

お民　はい。

頼母　新八郎が戻ったら、伝えよ……姉上がお待ちかねとな。

お民　はい…。心得まして、ござります。

頼母　料理の方は、もう整うたかの？

お民　はい、用意万端(ばんたん)整いまして、奥のお座敷の方に。

頼母　うむ…ご苦労じゃった。

（伝七郎が、客間に入ってくる）

伝七郎　おお、叔母上、……それから姉上、…お久しゅうござる。

邦江　おお、やっとお顔を見ることができたの、伝七郎殿……
　そなたも、息災で何よりじゃ…。ご立派になられたの。
伝七郎　いや、いや、相も変わらぬ、不調法の未熟者でござる。
頼母　早速で、相済まぬが、伝七郎、例の件はいかが相なった？
伝七郎　父上、お喜び下さい…。中野様は、快くご承諾なされましたぞ。
頼母　おお…さようであったか！　いや…よかった。わしも、これで安堵いたした。
　いや、邦江殿、実はの…刈谷家の懸案であった伝七郎の「嫁探し」が、ようやく、実る
　ことになったのじゃ…
邦江　…なんと！　それは、めでたい仕儀…義兄上、伝七郎殿、祝着至極に存じ上げます
　る…

（伝七郎、頼母も、深々と返礼）

志野　わたくしからも、伝七郎殿、おめでとうございまする。
伝七郎　姉上、恐縮でござる。
邦江　で、…どなたを、嫁御として迎えられるのじゃ？
頼母　先ほども、ちらと話題の中に出ておったが、勘定吟味方改役の中野十太夫殿の娘
　御じゃ。

本人同士もむろんのことじゃが、両家の親も納得づくで、この度、わしが正式に婚約の件を申し入れ、本日、正式に、ご承諾を頂いたという次第じゃ。

邦江　重ねがさね、おめでとうございまする。新八郎の件で、義兄上・姉上とも、頭を痛められていた時だけに、ひとしお、お慶びのことでございましょう…で、お仲人はいずれのお方に？

頼母　勘定奉行のお一人、佐々木近江守様じゃ。といっても、佐々木様は、正式には、勘定奉行ではなく、「勘定奉行格」なのじゃが…

邦江　なんと！　…お奉行様格のお人が、伝七郎殿の「お仲人」を引き受けられたとな…

頼母　さよう…まだ、内々の打診の段階じゃったがの。しかし、本日、中野殿から正式に婚・約をご承諾頂けた上は、仲人も、これで「本決まり」じゃ。

邦江　義兄上、刈谷家も、これで本当に、前途洋々ではございませぬか…。なにやら、新八郎の件で気を揉んだ己れが、損したような気になってまいりましたわ（笑）。
半之丞には、まだ、そのような慶びごとは、舞い込んではおりませぬもの。

頼母　まあ、…そう申されるな…半之丞殿は、なんといっても、元書院番頭で普請奉行も歴任されたお方のご子息。父上の忠左衛門殿は、人望厚く、ひいき筋の人脈も根強い。
ろくなひいき筋ももたぬ、要領の悪い、わしのような者を父にもった伝七郎に比べれば、はるかに、将来の見通しは明るい。

邦江　でも、仲人の佐々木近江守様といえば、元普請奉行で、人望もあり、夫の忠左衛門もよく存じ上げているお方ですわ…。うしろ暗いところの無い、とても実直なお方と、お聞きしておりますわ。

頼母　勘定奉行は、今、勝手方・公事方を併せると、奉行格の佐々木様を含めて「五人」おられる。しかし、生き馬の目を抜く勘定所の中で、伝七郎の謹厳実直ぶりを高く買って下され、ひいきにして下さっておられるのは、佐々木様と勘定吟味方改役の中野殿、そして、伝七郎の同僚の勘定組頭の一部と、勘定吟味方の面々に限られる。

わしに、さしたるひいき筋のない以上、わしの元気な今のうちに、伝七郎の地位をできる限り安定したものにしておかぬと、将来、刈谷家に、どんな凋落の運命が待ち受けているやら、わかったものではない…

新八郎が頼りにならぬ以上、邦江殿、由緒ある旗本刈谷家の当主として、わしも、これぐらいの力添えは、伝七郎にしてやっておかねばの……

邦江　……わかりますわ、お義兄様。

頼母　ともあれ、まずはめでたい。

邦江殿、本日は、実は、この伝七郎の婚約の件を晴れて披露し、まず内々で歓びを分かち合いたいと思うて、そなたにも、わざわざお越し頂いたのだ。奥村殿、片桐殿にも、お越し頂こうとも思ったが、なにせ、ご用繁多のお二方ゆえ、失礼かとは存じたが、邦江殿と志野のお二人だけをお招きした次第。

志野には、新八郎の件についてのやっかいごとを押しつけて、心苦しいが、伝七郎の婚儀の件を皆で祝って頂き、ささやかながら、わが家の手料理を馳走いたすゆえ、一献傾けて頂きたく存ずる。

邦江 まあ、まあ、…本当にめでたいこと。

頼母 それでは、用意の整うた奥の座敷の方へお移り下され。

（皆、一斉に退場する）

（5）第二場　刈谷家の一室・夜半。

わずかに行燈(あんどん)の灯(あか)りのともった、闇の深い一室で、ふたりだけで静かに語り合う新八郎と志野。

月明かりに照らされた庭の竹林の影が、障子(しょうじ)に映し出されている。

新八郎　……よくわかったよ、姉さんの言いたいことは……

志野　まだ、今の段階では、たしかなことは言えないのだけれど、もし、お父様のおっしゃられるように、お上(かみ)の大々的な土木工事が推(お)し進められるという話が本当だとすれば、あなたが、夫の惣右衛門の力添えで、作事方(さくじかた)の役職につくのは、決して悪いことじゃないと思うの……。新八郎、あなたも学問をしているから、たぶん知っていると思うけど、今、この国は、エゲレスをはじめとする外国の侵略の脅威にさらされて、海防問題が一大事のご時世(じせい)となっているわ。西洋の砲術や兵学に明るい伊豆韮山(いずにらやま)の代官・江川太郎左衛門(えがわたろうざえもん)様のように、これからの世には、蘭学・洋学の知識を活(い)かした新しい技術や産業・国策の提言を行う、経世の志をもった有為の人材が必要とされることは必定、と惣右衛門殿も、常日頃、わたくしに申されておられるし、あなたも、そのことはおわかりでしょう?

新八郎　…ああ、よくわかってるさ……

志野　朱子学や陽明学のような儒学もけっこうだけど、それだけじゃ、事は済まない、…より実用的な、活きた学問が必要なのは、わかるわよね?

あなたは、昔からとても聡明な子で、物事の本質をよく洞察する力があったわ。入り組んだ、わたしなんかには手に負えないような複雑な事柄を、鮮やかに解きほぐしてみせた、あなたのお手並みに、わたし、何度も、舌を巻いたことがあったわ。

その秘められた、あなたの才能を、このまま無為に時をすごすことで、埋もれさせてはいけないと思うの……

あなたが今、それだけの才能をもちながら、活かすことができていないのは、あなたが、きちんと〈生きた生活〉の現場に飛び込んでいないからじゃないかしら?

もちろん、こんなこと言うと、あなたから、何もわからないくせに、いい加減な決めつけをするなって、叱られてしまうかもしれないけど…。なんか、わたしには、そんな風に思われてならないの。

新八郎　…ああ、姉さんの言いたいことは、本当によくわかるよ…ある意味では、姉さんの言う通りさ。今の俺には、〈生きた生活〉って奴が欠けてるんだ……

俺だって、このまま一生、何ひとつ為すこともなく、朽ち果てていくのは、耐えられない……


志野　…そうでしょう？　だったら、このままいつまでもウジウジと、女の腐ったような、不甲斐ない暮らしぶりを続けていないで、思い切って、職につきなさい。

作事方は、やりがいのある〈現場〉だわ。すぐに、思い通りの仕事ができるってわけには、もちろんいかないけど……夫の惣右衛門も、きっと、あなたの性分に合った、あなたの才能が活かせる仕事への途がひらけるように、力添えしてくれるわ。

作事方で見聞を深めて、新しい時勢の要求にふさわしい、技術と産業のあり方を考えながら、そこを踏み台にして、さらに、あなたらしい新しい職場や仕事を求めて、己れの道を歩んでいけばいいのではないかしら？

必要があれば、蘭学・洋学の新知識を教授してくれるような定評ある私塾も、この江戸には、いくつかあるから、そこで暇をみつけて学ぶ機会も作れるでしょうし、場合によっては、「長崎留学」という手だって、ありうるわ。

新八郎　……姉さんの好意は、痛いほどわかるし、俺だって、そんな風に生きていければなあ…って思わないこともないけど、…現に、俺の通う水明塾にも、また、友人・知人の中にも、似たような志をもっている人は、けっこういるんだけど……でも、ダメなんだ。今の俺は、どうしても、そんな気にはなれないんだ……

志野　どうして？　他に、なにか、気がかりなことがあるの？

新八郎　いや…別に、何か、現実的に処理しなければならないような問題を抱えているわけじゃない。

ただね、……今、姉さんが勧めてくれたような〈生き方〉をするために、絶対に必要な〈前提〉となるものが、俺には、どうしようもなく欠けているんだ。

志野　一体、何なの？　……その〈前提〉って。

新八郎　……とても、姉さんにわかってもらえるように話すことは、今の俺にはできそうもねえ…。何なの、それ？　いつまでも子供みたいな寝言いってないで、いい加減に目を醒ましてくれ〈大人〉になりなさいって、親父やおふくろや兄貴みたいに、ムナしい、お門違いの〈説教〉をされるのが関の山さ。

わかりっこねえ……

志野　……新八郎。あなた、幼い頃から、わたしにだけは、どんな悲しいことも、苦しいことも、嬉しいことも、…何だって、垣間見せてくれたわよね……

わたし、……それが何なのか、どんなことを幼いあなたが抱え込んでいたか？　本当は、ちゃんとわかったことなんか、一度もなかったのかもしれない……
でもね……。あなたは、お父様やお母様にも、伝七郎にも、決して言えない、伝わらないっておもえることでも、わたしにだけは、懸命に伝えようとしてくれていたわよね……
それだけは、わたし、たしかにわかっていたわ……

新八郎　ああ…そうだった。…そうだったな、姉さん…
覚えているよ、今でも……

志野　わたし……そんなあなたの苦しみや想いが、なんだったのかは、わからなかったかもしれないけど……でも、新八郎、その時のあなたの切なさや渇きは、その〈感触〉だけは、……今でも、鮮やかに、生々しく覚えているわ……
あなたが、夕暮れ時に、細い路地の奥から、真っ直ぐに、わたしのふところに向かって、凄い勢いで、走って飛び込んできた時の、あなたをこの両腕で抱きとめた時の、あの瞬間のぬくもりの感触……今だって、ありありと想い出せるわ……

新八郎　姉さん……俺も、痛いほど覚えてる……あの時のことを。

志野　今のあなただって、あの時と同じように、あの幼い日々のさみしかったあなたと同じように、一人で何かを抱え込んで苦しんでいる……
でも、もう、今のわたしじゃ…昔のあの時のように、その、言葉にはならない何かを、伝えることなんかできないのね……。わたしじゃ、今の新八郎の力にはなれないのね……

新八郎　……姉さん……
　俺はね……恐くてならないんだ……

志野　…恐い？　……何が？

新八郎　世の中がさ……人という生き物がさ……

　俺は、幼い頃から、おふくろにも、親父にも、兄貴にも、本当に「触れてもらった」と思えたことがない……

　いや、可愛(かわい)がってもらったことがない、っていう意味じゃない……おふくろも、親父も、兄貴も、厳しかったけど、それなりに優(やさ)しかった。しつけも、色々うるさく言われたけど、でも、癇(かん)の強い俺がワガママを通すと、最後は折れてくれたし、渋々でも、苦笑いしても、よほどのことがない限り、けっこう何だかんだ好きなようにふるまわせてくれたし、放(ほ)っといてもくれた……

　その意味じゃ、刈谷の家は、俺にとって、そんなに息苦しい家じゃなかったし、…みんな、俺のことを大切にもしてくれたし、いい家族だって思ってる。

　今だって、こんなにいい歳(とし)して、さんざん親父やおふくろにつらいおもいさせてるし、スネかじりで、迷惑もかけてる……そんな俺に、文句の言えた義理なぞ、これっぽっちもねえことぐらい、よくわかってるさ……

ただ、姉さん…俺は、物心のつくかつかねえ幼い時分から、ずーっと、さみしかったんだ……どうしようもなく、さみしかったんだ……

家族のみんなから、優しくされればされるほど、可愛がられれば可愛がられるほど、さみしくて、さみしくてたまらなくなるんだ……

志野　……新八郎。

新八郎　この世の誰とも、触れたことがない……、そんなおもいを、ずーっと抱えながら、生きてきたんだ、俺は……。小さな頃は、姉さんだけは、別だったけどね……

それだけじゃない……俺には、世の中の誰もが、俺と同んなじで、みんな、ほんとは、互いに「触れ合って」などいないのに、互いの心の内をわかった気になって、同じ心の風景を分かち合って、同じ人生を共に歩いているように錯覚して生きているんじゃないかって、そうおもえてならないんだ。

志野　……そんな、新八郎……。そんなはずはないわ……。みんな、わが子や大切な人の苦しみや、痛みや、いろんな想いがわかるからこそ、親は子を想い、つれあい同士は互いを思いやり、親しい友だちに打ち明けたり、相談したりするのじゃなくて？　……わたしが、あなたの痛みや渇きを、自分のことのように感じ取ったように。

新八郎 そりゃ、そういうことだってあるとはおもう…小さい頃の俺と姉さんのように。でも、それはね…姉さん。姉さんが思い込んでいるよりも、本当は、ずっとずっと少ない、類い稀な、得がたい実例なんだよ…今のこの世ではね…。ほとんど〈奇跡〉のようなものだとさえ、言っていいと、俺はおもってる。

この世の、今の世の人の〈交わり〉というものは、必ずといっていいほど、なんらかの〈損得勘定〉や、〈世間体〉への気がねや、世の〈通念〉や、暗黙の〈掟〉って奴に縛られ、左右されているといっていい……親子・夫婦・恋人・朋友・親族……どれも、例外じゃねえ。

一切のこの世の〈約束事〉にも、〈損得〉にも汚されていねえ、混じりっけのねえ、真実の想い、真実の絆にめぐり逢うことは、本当に、本当に稀なことなんだ……

志野 ……新八郎……

新八郎 人は皆、本当は、ひとりずつ異なった〈心の風景〉ってものを抱えてる。

同じ物をみていても、本当は、一人ひとり、違った風景をみてるし、違った〈時の流れ〉を生きてるんだ……だって、一人ひとり、歩んできた人生の道程も、積み重ねてきた体験の〈厚み〉も、まるで違うんだから…。当然といえば、当然だ。

俺たちが、己れにとって〈えにし〉ある大切な人と出逢い、お互いの心の風景の中に、「触れ合う」ところをみとめ合い、同じ人生の〈物語〉を分かち合いながら、共に生きていくってことは、…姉さん…ホントにむつかしい、大変なことだし、凄え〈力わざ〉なんだって…俺は、そうおもうんだ。

だからこそ、大抵の人間は、己れ自身や他人の〈真実の心〉をみつめる代わりに、いろんな〈約束事〉や〈損得勘定〉にふり回されながら、人との関係の〈間合〉を測り、持ちつ持たれつしながら、いつのまにか、それに「慣れっこ」になって、みんなで同んなじ風景を見ているような気になって、この世を、オモシロ可笑しく渡っていく……

でもね、姉さん……俺は、そういう〈付き合い〉って奴に、どうしても馴れることができないんだ。

俺は、昔の姉さんと俺がそうだったように、本当に「触れ合う」ことのできる人の中でしか、〈生きる意味〉を見出すことはできないし、〈生きた生活〉をつくり出すことはできないんだ。

実は、名は言えないけど、姉さん、俺にも、そういう「大切な人」はいるんだ…ほんの二、三の人たちなんだけど…。でも、世間のほとんどの連中は、今の俺にとっては、あまりにも隔たった、俺とは全く触れ合うことのない人間たちなんだ。

そういう人たちが日々つくり出している、この「娑婆世界」の中で、俺は、まだ「生きていく」勇気も、自信も、もてないんだ……

それは、今の俺にとっては、死にたくなるほどにさみしく、冷たい世界を生きていくことになるから……

志野　……新八郎……あなたが今、語ってくれたことは、わたしには、あまりにもむつかしいし、それに、とても怖ろしいことだわ……

正直、わかるような気もするし、わからないところもあるわ……

いや、ほんとは、わかりたくないのかもしれないわ……

だって、あなたが言っていることがもし本当なら、そんな風にしかこの世を見れないのだとしたら、……あまりに哀しすぎるし、怖ろしすぎるわ……

わたしだって、…わたしだって、そんな世界には生きられない……

新八郎　……姉さん……

（突然、なにかの恐怖に駆られたように志野にしがみつき、その胸の中でふるえる新八郎）

志野　……（思わず、狂おしく弟を抱きしめる姉）

新八郎　……（子供のようにすすり泣き、ふるえる）

志野　……新八郎……
あたし……あたし……何か……何かまだ、隠された、大切なものが、この世には、あるような気がするの……
あなたが今言ったことだけじゃなくて……
それだけじゃなくて……なにか、まだほかに、もっと別の、……大事なものが、きっとある……
新八郎、……わたし、子供の頃、あなたと二人っきりで、日が暮れるまで、いつまでも遊んでいた時だって、この世に、あなたとわたしの二人だけが、はかない、何の意味もない〈切れっ端〉のように、ぽつんとうっちゃられていたって…どうしても、そんなふうには思えないの……
あたしたち二人だけがそこに居て、時を忘れて、草っ原の中で駆け回っていた時だって、草むらの中で手をつないで居眠りをしていた時だって……あたしたち、いつも、温かくて、柔らかな〈風〉に包まれていたし、見守られていたわ……
たそがれ時に、深い闇に身を包まれていた時だって、恐かったけれども、それだけじゃなくて、なにか摩訶不思議な、霊気っていうか、なんともいえない、魔性の気配のようなものを、身の内に感じていたわ……
それは、決して禍々しいものばかりじゃなかった……なにか静かで、力強くて、神々しい気配でもあったわ……。わたし、……たしかに、覚えている……

新八郎 ……姉さん……

静かに、行燈の灯りが消え、舞台が闇に吸い込まれてゆく。

第五幕

画龍（がりょう）

(6)第一場　天保十四年(一八四三)・晩秋〔陰暦・閏九月〕

午後。本所・亀沢町にあるお栄の仕事場。
掃除もろくにしていない、汚い陋屋。
柱に釘付けにされた蜜柑箱の中に、日蓮の像が安置されている。
絵道具でごった返した中に、総菜の包みに使われた竹の皮が、うず高く積んである。

仕上げたばかりの、注文の絹本の絵を、一人で眺めているお栄。
入ってくるお京と新八郎。

お京　お栄様、宜しいかしら?　まだ、お仕事中なら、出直してまいりますけど……

お栄　あっ……大丈夫、大丈夫……ちょうど、仕上がったばかりだから…上がっとくれ!

お京　遅くとも、申の刻にさしかかる時分までには仕上がっているからって、おっしゃられてたから、来てみたんですけど、…よかった…
　この前お話ししていた、刈谷新八郎様をお連れしました。
新八郎　お初にお目にかかります……新八郎です。
お栄　ああ……よく、おいで下さった……。お京ちゃんから、お話はよく聞いてますよ。
むさくるしい所で、済まねえが、いつもこんな風にごった返してんだ……なにせ、親父殿が、めっぽう掃除嫌いなんでね…。あたいも、親父殿も、メシ食う間も惜しんで、明けても暮れても、絵ばっかり描いてるんで、煮売り店から買ってきた総菜の包みが食べ散らかしてあって、足の踏み場もねえかもしれねえけど、まっ、上がって座ってくんな……といっても、安物の茶以外、なんにも出せねえけどな……
お京　大福餅を買ってきたんです……北斎先生は、お酒飲まれないし、大の甘党でいらっしゃるから、……お栄様も、大福餅なら、大好物だとおっしゃっていたし……
お栄　…おおーっ！　さすが気がきく。よく出来た、お栄様とっておきの愛弟子・お京ちゃん！　あ、うんの呼吸って奴だ……ちょうど、ひと仕事終えて、腹が減って、餅食いてえーって、おもってたとこ…
お京　ちょうど、八つ時を過ぎたところですしね……あたし、すぐお茶入れますね。
お栄　いつも、済まねえなあーっ。……ま、新八郎さん、上がってくんな…

新八郎　…はい。

お京が、茶の仕度をして、流しから持ってくる。新八郎も上がって、かろうじて歩ける程度の、座敷内の隙間に腰を下ろす。お栄は、仕上がったばかりの小さな絹本(けんぽん)の絵をじっと眺め返している。

お京　今仕上がったお仕事は、絹本(けんぽん)なんですね……

お栄　お稲荷(いなり)さんの社(やしろ)に奉納(ほうのう)する燈籠(とうろう)の口絵(くちえ)を描(か)いてくれって、頼まれたんだけど、「裏打(うらう)ち」された絹本なんだ……

　裏打ちされた絹本は描きにくいって、ふつうなら断っちまうところなんだけど、あたいは、お京ちゃんもよく知ってるとおりのアマノジャクだからね……ふつうの絵師じゃできねえ、むつかしい仕事だってわかると、逆に燃えてくる性分(しょうぶん)なんだ。

　よし、ひとつ、やってやろうじゃねえかってんで、調子に乗ってるうちに、このザマさ……（笑）。（お京に手渡して見せる）

お京　うわぁーっ！　盆栽(ぼんさい)の桜の陰で、子猫がじゃれてる……カワイイ！

　でも、小さい絵なのに、……なんて、細(こま)やかで、華麗(かれい)なのかしら！……

お栄　たかが、奉納用の口絵なんで、ホントは、こんなに細密に、丁寧に描いてやるこたぁ、ないんだ……もっと、気抜いてやれぁいいんだけど……あたいは、親父殿と同んなじで、どんな絵の注文でも、手抜きの「やっつけ仕事」って奴ができねえ性分でね……
　それに、裏打ちの絹本だから、よけい、意地になっちまって……（笑）。

新八郎　（お京にこっそり尋ねるようにして）「裏打ちの絹本」って、何だい？

お京　あ、……絹本っていうのは、もちろん知ってると思うけど、絵を描く時の絹地のことね。紙に描く場合は、紙本っていうわけ……
　絹地は、薄くて、下が透けて見えるので、絹地を通して、下絵を丁寧に写し取ることができるの。
「裏打ち」っていうのは、破れたとこや弱いとこを補強するために、紙や布や皮の裏に、さらに、紙や布を貼りつけることね……
「裏打ちの絹本」っていうのは、だから、絹地の裏に、さらに「裏打ち」を施した絹本ってことね……これは、絹地に写し取るための「下絵」が見えにくくなるから、描きにくいの。

新八郎　……ふうん……。でも……こいつは凄え……
　なんか……子猫が桜の盆栽の陰で戯れてるだけの、ちょっと見には、他愛のない構図のようにみえるけど、俺にはその……なんていうか、うまく言えねえけど、…目に視えねえ、みずみずしい生気が、画面全体にみなぎってるっていうか……なんともいえねえ、無邪気な、温かい息づかいが、身体を包み込んでくれるような、そんな感じのする絵だ……
たしかに猫と盆栽を描いてるんだけど、……その…お栄さんの前で、こんなこと、言っていいのかどうか、わからないけど……俺には、もっと別なものも描いているような気がする……
というか…猫と盆栽を描くことで初めて視えてくる、なんか、別の世界の〈気配〉っていうか……

お栄　へえ……。こいつぁ、驚いた……。新八郎さん、あんた、隅に置けないね。
絵心があるっていうか……いい目もってるし、いい感覚してるじゃないか。
お京ちゃんから色々聞いてはいたけど、……こりゃ、あなどれないね……

お京　で…しょう？（笑）わたし…人を見る目、あるんだから……

お栄　…っていうか、あたいと違って、男運がいいだけさ……（笑）。

お京　前に、あたし見せてもらったことあったけど、たしか北斎先生にも、この絵に少し似た、猫と植物を描いた肉筆の作品がありましたよね……

お栄　ああ……たしか四年前の、親父殿が八十歳の時の絵だ……

葡萄の葉っぱと蔓が描かれていて、そのすぐ横で、白い猫が、宙を見上げている作品だったね。

お京　あたし、あの絵も好きだわ。

でも、北斎先生のあの絵は、たしか、宙を睨むように見上げた猫の表情が、もっと意地悪というか、不敵な感じがして、…墨絵に近い彩色の葡萄の葉っぱの陰翳が繊細なのと、葡萄の黒い蔓がヌメッと伸びていたのと併せて、なんともいえない、不思議な妖気が漂っていたような気がしたんですけども……

お栄　……そうだよね……。あたいも、まだ、まだ、親父殿のあの超然とした、不敵な気配は、つくり出すことができないよ……

人としての修行の年季が、まるで違うんだ……及びがたいよ……

お京　でも、お栄様、わたしは、お栄様のこの「桜の盆栽と子猫」の方が、なんか親しめるというか……温かくって、ホッとしますわ。

お栄　…ありがと……。師匠おもいの、優しい、いいお弟子をもつことができて、嬉しいよ(笑)。

でもね、お京ちゃん……自分の器の限界は、残念ながら、このあたい自身が、一番よくわかっているんだ……あたいに何が足りないかが、さ……

お京　北斎先生は、もちろん、あたしなんかが思いも及ばない、底の知れない凄いお方ですし、お栄様が、画道を通じて、その北斎先生の境地に歩み寄ろうと、人知れず烈しいご精進を重ねておられることは、途方もない未熟者の、このわたしだって、なんとなく、感じてはいます。エラそなこと言って、すみませんけど……

お栄　いや……ほんとに、あたいの絵をよく見てくれているんだね…お京ちゃん……

お京　でも、お栄様、……こんなこと言って、生意気だって、おこられるかもしれないけど、あたし……お栄様には、やっぱり、いつまでも、お栄様のままでいてほしいって、おもってるんです。

いえ…あの、…お栄様の絵が、北斎先生のように、歳を重ねるごとに、ぐんぐん凄みを増していくのが嫌だとか、良くないって、言いたいんじゃないんです……。お栄様の作品が、年々多彩になられて、力強くなっていかれる姿には、僭越な言い方ですけど、あたし、いつも目をみはるおもいがしておりますし、凄いなぁ……って、おもってるんです。

でも、同時に、お栄様には、やっぱり、今のわたしの存じ上げている、温かい、侠気のある、お栄様であってほしいんです……。それをなくしてほしくないんです。

お栄　……ありがとよ…お京ちゃん……。あたいは、歯に衣着せずに、でも、優しく言ってくれる、あんたのそんなとこ、好きだよ……

大丈夫……あたいは、親父殿と違って、途方もない未熟者だから……（笑）。

あたいは、しょせん、あたいでしかありえないから…それは、大丈夫さね。

でも、ありがとよ、嬉しいよ、お京ちゃん……

親父殿はね…あんな風にみえても、ホントはあたいと違って、凄え〈学〉の持ち主なんだ…。若い頃から、和漢のむつかしい書物を読破していて、特に、『老子』だとか『荘子』だとかいった、オツムの悪いあたしら下々の者には、からっきしわかりゃしない、深遠な哲理に通じてるんだ……。漢土・唐土の「易」の教えとやらにも詳しいんだ。

人の運命や森羅万象を「天道」によってつかさどっている「北辰」という霊妙な星を、昔から親父殿は深く信仰していてね……「北斎」って雅号もそこから来ているし、その「北辰」って星は、日蓮宗では、「北辰菩薩」って名で崇められてる。

実は、その「北辰菩薩」を祀ってる「妙見堂」っていうお堂が、この亀沢町からほど近い、同じ「本所」の「柳島」にあるんだ。

妙見堂は、日蓮宗の法性寺って寺の境内にあってね、…親父殿は、それで、ずっと日蓮宗の信者で、お題目を称えているんだ……それ、そこに、蜜柑箱に安置された日蓮上人の像があるだろ。

お京　…ええ……前から、気にかかってたんだけど……

お栄　なんでも、親父殿によれば、『老子』とか『荘子』といった漢土・唐土の哲理では、一切のあさましい人の〈我欲〉って奴を捨てて、人の運命や森羅万象をつかさどる「天地浩然の気」と一体になることによって、生気に満ちあふれながら、しかも、物にとらわれず、のびやかに、風のように、飄然と生きることを説いているそうだ……
　新八郎さんはお侍で、あたしら下々の者が読めねえようなムツカシイ本、いっぱい読んでて、「学」があるそうだから、たぶん知ってるよね？

新八郎　……いえ、とんでもない、私なんか、たいしたことないですよ……でも、老子や荘子の説については、私も以前、大塩平八郎殿の書を講読している時に、河井月之介先生から、いささか聴かされたことはあります。

お栄　親父殿の感覚からいうと、天道をつかさどる「北辰」、つまり「北斗の七つ星」を信仰して、その目に視えねえ霊妙な力と働きとを全身で感じ取って、その気配を、絵の世界に写し取ることは、そのまま、「天地浩然の気」と一体になって生きる道に通じている、というんだよ……それは、いってみれば、あたいらが生きてる、このはかない浮き世を、物にとらわれず力いっぱい生きることで、浮き世の市井に身を置きながら、浮き世を超えてみせることなんだ、そうだ……
　出家遁世して、この浮き世から身をかわすんじゃなくて、烈しくひたむきに生き抜きながら、同時に〈解脱〉してみせるってことなんだ。

それが、俺の求めてやまない、絵の道なんだって、親父殿は言うのさ……

新八郎　……なるほど……なんか、わかるような気がします……

お京　……ええ、そうね……

お栄　親父殿は、お京ちゃん、あんたも知ってる通り、もう何十回となく「引っ越し」をしてきた。

でも、それはね、高い画料を取れる力量の持ち主なのに、金銭感覚ってもんに、からっきし頓着しない親父殿の性分のために、どん底の貧乏暮らしを強いられてきたためばかりじゃない。

親父殿が、「北辰菩薩」を信仰して、北辰の力と一体となるための〈儀式〉のひとつでもあるのさ……

お京　えーっ！　どうして、「引っ越し」の回数の多さが、そんな修行になるんですか？

たしかに、大八車に一式積める程度の家財道具しか持たないっていうのは、火事の多いこのお江戸の、下々の人たちの流儀だっていうことは、あたしだって、よく知ってるけど、北斎先生ほどの絵師が、なんで、好んでそんな落ち着きのない、あたしから視れば、ただキツイだけの、割に合わない暮らし方を択ばれるんですか？

お栄　それはね、親父殿が引っ越しをされてきた場所を考えてみりゃ、わかるさ……

引っ越しの場所は、すべて、本所・深川・浅草をはじめ、「北辰菩薩」を祀る本所・柳島の妙見堂の周辺に、集中してるんだ。

「北辰」、つまり「北斗の七つ星」は、人の一切の吉凶禍福や寿命をつかさどるとされてる。

その北斗の七つ星の運行になぞらえて、親父殿は、引っ越しを繰り返してきた……

その運行の中心が、北辰菩薩を祀る妙見堂さ。

いってみれば、親父殿は、星の運行に己が身をなぞらえることで、北辰の霊気・霊力を己が体内に取り込もうとしたのさ。

それは同時に、我欲にとらわれて物を所有するっていう心を捨てるための修行でもあるんだ。金銭はもとより、特定の土地、特定の住処にしがみつくのも、ひとつの我欲だからね……

お京　……そうだったんですか。知らなかった…前から不思議だったんだけど。
お栄様がそんな親父様に付き添って、引っ越しされてきたのは、北斎先生の修行に従うことで、先生の境地に近づこうとされていたんですね。

お栄　いや（笑）…そんな上等なもんじゃなくて、付き合い切れねえな、とは思うけど、

「仕方ねえなあ」って思うしかなくて……（笑）。
あたいが親父殿の面倒みてやらなきゃ、誰もみる人いないしさ……
それに、もう、男に嫁いで〈亭主〉もつのは、うんざりなんだ……
これからの生涯は、親父殿と一緒に、どこまでも「絵の道」を究めたいって、そう志しているんだよ……あたいは。だから、引っ越しでも何でもして、どこまでも、親父殿にくっ付いていくさ……（笑）。

お京　……お栄様……

お栄　でも、……いくら引っ越しを繰り返したって、あるいは、絵の仕事で旅に出て、諸国をあちこち廻ることはあってもね、親父殿は、所詮、このお江戸の本所・深川辺りをぐるぐる回ってるだけさね……なんといっても、生まれたのは本所だし、〈故郷〉からは離れられないのさ（笑）。
いや、このお江戸のはずれの、それも、両国橋を渡って「大川」を越えた、本所・深川っていう、物の怪の跳梁するこの〈闇〉の魔界って奴が、親父殿は、とにかく気に入ってるのさ……

新八郎　それは、俺にも、よくわかります。
北斎先生が滝沢馬琴さんの読本に載せられてきた、おびただしい数の物の怪や目に視えぬ魔界の「挿絵」に描かれている、おどろおどろしい〈闇〉の深さや禍々しさを見れば、よくわかる……

お栄　そうさね……。ホントに、えげつないオヤジだよ。あんな気色の悪い絵ばっかり描いて……。好んで、悪趣味な場面ばっかり、挿絵にしたがるんだから……救いようのねえ、変態ジジイだ……（笑）。

新八郎　そうですね……（笑）。でも、北斎先生は、そうじゃない、温かい、優しい絵や、静かな落ち着きのある風景や、いのちの息吹のこもった、力強い浮世絵も、数多くつくられている。

『北斎漫画』に描かれた、下々の人たちの暮らしぶりや動植物の姿の躍動感は、凄いともおもいます。

一体、北斎先生は、この世界を、どんなまなざしで、どんな感覚でみつめられているのだろう？　どんな痛みや、どんな哀しみや歓びを感じ、どんな心の渇きをおぼえながら、生きてこられたのだろう？　……私は、それが、いささかでもよいから、腑に落ちるようにわかりたい……

そんな、藁にもすがる想いで、今日、こちらをお訪ねもうしあげた次第なのです、実は。

お栄　……ああ、わかるよ、新八郎さん……

お京ちゃんから聞かせてもらった、お前さんの苦しみや渇きは、もちろんあたしゃ学がないから、しかとはわからないけれど、なんとなく、あたいにもわかるような気がするんだ……

お京　北斎先生は、本日は、お帰りになられるんですか？

お栄　あいにく、親父殿は、昨日の朝早く、信州の小布施村に出かけちまったんだ……

小布施の酒造家で、親父殿の愛弟子の絵師でもある高井三九郎さんから、祭屋台の天井絵を描いてくれっていう注文があって、実は、親父殿は、春からずっと、他の仕事の合間を縫って、その下絵の制作に打ち込んでいたんだよ。

この高井さんからの依頼の仕事は、親父殿にとっては、畢生の大作のひとつとなる、とても大切なものだって想いがあるみたいなんだ……

ところが、他の仕事が忙しくて、なかなか、その下絵がはかどらない。

そこで、たびたび、三九郎さんから催促が来て、一度小布施に来てもらって、仕事の打ち合わせをしたいって、申し入れがあったんだ。

お京　小布施の仕事については、わたしも、北斎先生から少しうかがったことがあります……たしか、〈龍〉と〈鳳凰〉の絵をお描きになるって、そうおっしゃっておられましたけど……

お栄　……ああ、今のところは、その予定みたいだけど……で、急遽、小布施に行くことになって、新八郎さんにも親父殿をひき会わせたく思ってはいたんだけど、あいにく、入れ違いになっちまった、ってわけさ。

新八郎　そうでしたか……それは、残念なことでした。北斎先生に、ぜひ、版画ではなく、肉筆画の作品を、少しでもよい、拝見させて頂きたいとおもっていたのですが……

お栄　親父殿の肉筆画は、ご覧になられたことはないのかえ？

新八郎　いや……ほんの二、三枚は、知人に見せてもらったことがあるのですが……ほとんど、版画しか拝見したことはないのです。

お栄　そいつぁ、いけねえ……新八郎さん。版画浮世絵って奴は、所詮、〈版画〉でしかねえんだ……どんなに繊細な描線でも、どんなに華麗で多彩な色づかいでも、所詮、絵のつくり出す奥行きや陰翳やふくらみには、限りがある……。タカが知れているんだ。親父殿の〈肉筆〉の力には、とうてい及ばねえ……

新八郎　……はい。お京さんからも、北斎先生についてのお話を色々と聞いて、私も、なにか、そんな感じを抱いたのです。だから、ぜひ、わずかでもいい、北斎先生の肉筆画を己れのまなこで、しっかりと見てみたい…って、そうおもって来たんです。

お栄　まあ、そんなこともあるかと思ってさ……

この前、お京ちゃんから、お前さんの話を聞いた後で、あたい、親父殿に頼んでさ、今、手元にある親父殿の肉筆画と、とりあえず、持ち主から一時だけ拝借できる絵の中から、いくつか択んで、借り出しておいたから、そいつを見ていくといい……ただし、あたいの覚えてる絵の中から、あたいの好みで択んだものだけどね……(笑)。

お京　お栄様、ありがとう！　よかったわね、新八郎様……

新八郎　いや、ホントに嬉しいです！　……お栄殿、なんと感謝申し上げてよいやら……ご好意のほど、新八郎、生涯忘れませぬ。

お栄　いやだよ……テレちまうじゃないかえ(笑)。

でも、お前さんのお役に少しでも立てればいいけど……はたして、どうかねえ……

ここに、九枚の絵がある……絹本に描かれたものが二点、他の七点は紙本、つまり紙に描かれた作品だ。紙のものの内、三点は、扇の面に描いてある。

順次、じっくりと味わいながら、ご覧になってくんな……お京ちゃんも、一緒に、ゆっくり観るといい。

…ところで、あたいも、ゆっくりあんた方と話を続けていたいところなんだが、実は、そうもしてられねえ……さっき仕上げたばかりの、この、お稲荷さんに奉納の燈籠口絵って奴を、さっそく届けなきゃ、いけねえんだ。
まっ、二人とも、ゆっくりしてってくんな、……ひとっ走り行ってくるわ。
お京ちゃん、大福餅、ありがとうよ…絶品だったぜ。

お京　今度は、北斎先生にも、買ってまいりますわ（笑）。

お栄　新八郎さん、親父殿の絵についてのお前さんの印象は、あたいも、ぜひ聞いてみたい……できるだけ早く帰ってくるから、まだ帰らねえで、しばらくお京ちゃんと留守番してくんねえか。
実は、あたいは、親父殿と違って、少しは酒も煙草もいける口だから、鬼の居ぬ間に（笑）、夜は、三人で、両国橋のたもとにくり出して、一杯やりながら話そうじゃねえか。
どうだい？　新八郎さん。

新八郎　……ええ、ぜひ……（笑）。

お栄　お京ちゃんも、たまにはいいだろう？　少しぐらい酔っぱらっちまっても、帰りは、新八郎殿に、夜風にふかれながら、浅草まで送ってもらいな。

お京　……ええ、少しぐらいなら……（笑）。

お栄　…じゃ、行ってくるわ。

慌（あわ）てることねえからな、ホントに、ゆっくりと絵を味わってくんなよ。
後で、ふたりの話、楽しみにしてるからね……

新八郎　…かたじけのうござる。……では、拝見つかまつる……

（お栄、奉納の口絵を持ち、家を飛び出していく）

しばらく、ゆっくりと、九点の絵を手にとって観てゆく新八郎とお京。

（7）第二場　第一場に引き続き、本所・亀沢町にあるお栄の仕事場。夕暮れ時。

お栄から手渡された九点の北斎の肉筆画を心ゆくまで繰り返し味わった後での、新八郎とお京の対話。

お京　どのようにご覧になりました、北斎先生の肉筆画？　もちろん、先生の絵のほんの一部だけど……

新八郎　そうだな……なんか、背筋をただして、改まった言い方をしないと、先生の絵に対して申しわけないような気がするし、俺自身が今日ここへ来たことの意味も、己れ（おの）のためにはっきりさせておきたいから、小難（こむずか）しくなるけど、きちんと視（み）たままをありのままに語ろう……

俺は、この九枚の肉筆画の内にさまざまな形をとって表われている、異質なものの鋭い緊張関係と、それを包み込む深い静けさの気配（けはい）に、限りなく心をひかれるものをおぼえる。具体的に言うと、まず、この春風に吹かれた〈柳〉の下で、心地よげな表情で佇（たたず）んでいる二頭の「野馬（やば）」と「子馬」を描（えが）いた作品だ……

微（かす）かな紅（べに）が使われているけど、ほとんど墨の濃淡だけで一気に描（えが）かれている。

凄いのは、一頭ずつの馬の野性味が、さらっとした筆づかいで無駄なく描き分けられているのに、その溌剌（はつらつ）とした野性味（やせいみ）を、しなやかな〈柳〉や、馬の〈たてがみ〉と〈尻尾（しっぽ）〉のなびき方の表情を通して、爽（さわ）やかな〈風〉の気配の内に包み込み、柔らかく溶かし込んでみせている、というところだ。

この野性味と柔らかさの、絶妙な均衡（きんこう）が、この絵の魅力だと思う。

お京　……そうね。この絵は、わたしも、前に一度、見せていただいたことがあるわ。
たしか、北斎先生がまだ壮年の頃の、四十代後半ぐらいの時の作品じゃなかったかしら。

新八郎　こういう異質なものの緊張関係は、他の絵にもみられるものなんだ……

例えば、この、扇に描かれた「桔梗（ききょう）」や「筍（たけのこ）」の絵、あるいは、「里芋（さといも）と秋茄子（あきなす）と赤とんぼ」を一緒に組み合わせて描（えが）いた作品……いずれも、地味な、何の変哲もない、ささやかな花や野菜を描いただけの作品だけど、一つひとつの存在が、形といい色彩といい、なんとも言えないほど繊細な陰翳（いんえい）と表情をもって、みずみずしく息づいている。

この「桔梗」の清楚（せいそ）で端正（たんせい）なたたずまいなんか、ほんとに匂（にお）い立つようだ……

一つひとつの存在が、まぎれもない独自の、固有のいのちをもって息づいているのに、それは、柔らかで気品のある風情(ふぜい)をたたえながら、透明感のある、明るい背景の地(じ)の中に、穏(おだ)やかに包み込まれている。

北斎先生の絵の中に、こんなに深い、澄(す)んだ静けさの気配を感じたのは、……お京さん、俺は初めてだ……


お京　……本当にそうね……。とても、懐(なつ)かしい匂(にお)いを感じるわ……

わたしが、三年前に、京の都で絵の修行をした時に大好きだった、円山応挙(まるやまおうきょ)先生の絵の気配にも、一脈通ずるところがあるけど、でも、応挙先生の重厚な静謐(せいひつ)さや気品(きひん)とは違って、北斎先生のこの植物の肉筆画には、さっきの「馬」の絵もそうだけど、もっと気ばらない、愉(たの)しげな、温かいものがあるわ……

それでいながら、なんとも言えない、匂い立つような気品がある……

まさか、あのどぎつい彩色と、あくどいばかりの、奇をてらった構図や題材を、好んで択(えら)んでこられた北斎先生に、こんな、つつましい透明感のある作品があったなんて……

わたしも、本当に、驚いたわ。

新八郎　他にも、この扇に描かれた「秋草」の絵とか、「雪の中」でひっそりとたたずんでいる「鶺鴒(せきれい)」を描いたこの作品も、ほんとに凄い。

お京　「秋草」の絵は、落款(らっかん)にある「画狂(がきょう)老人卍(まんじ)」という雅号(がごう)の横に、「八十三」と記されてあるから、つい去年に描かれたばかりの作品ね。

「雪の中の鶺鴒」も、雅号の「卍」から観て、やはり、先生がかなりお歳をめされてからの肉筆画であることは、間違いないわ。


新八郎　この二つの絵についても、今まで語ってきた作品と同じことがいえる。

　秋のさまざまな草花の表情を繊細に描き分けたり、雪の降りしきる中で、首をかしげながら独特のしぐさをとっている鶺鴒の孤独なたたずまいを、丁寧に描いている。

　いずれも、一つひとつの存在が、独自のいのちの表情を浮かび上がらせながら、なおかつ、背景の深々とした、透明感のある〈気配〉の内に、ひっそりと包み込まれている。

　一つひとつの存在が、この世にふたつとない、己れのいのちの孤独さを立ち上がらせながら、その鋭さを、なにか、もっと大きな、奥深いいのちの気配の中に包み込むことで、絵を観ている者に、心地よい緊張感と救いとを与えてくれているようにおもう……

　今まで俺が知っていた北斎先生の浮世絵の世界とは、もちろん通ずるところはあるんだけど、だいぶ趣が違う。

　北斎先生の浮世絵にみられる、あのどぎつい、これみよがしに〈己れ〉を主張し、てらってみせるような、いい意味でも悪い意味でも、脂ぎった毒々しさというものが、これらの肉筆画にはない……

でも、秘められた、熱い、烈しいおもいがたしかに感じられるし、それにもかかわらず、どこまでも、深く静まり返っている……凄い、というしかない。

お京　今、浮世絵の世界との違いをおっしゃられていたけど、……それでふとおもったんだけど、版画浮世絵にも、例えば歌川広重さんのように、北斎先生とは正反対の、深く静まり返った作品をつくられる絵師もいるわよね。

新八郎　たしかに、広重さんの『東海道五十三次』に描かれた風景の静謐感は絶妙だ。

広重さんの絵でも、この現世を生きる一人ひとりの人間、一つひとつのいのちの、どうしようもないさみしさ、孤独さのかたちが繊細に切り取られ、それを、背景の深々とした〈闇〉の気配がひっそりと抱き取ってみせている。そこは、今、俺たちがみつめてきた北斎先生の肉筆画と、深く通ずるものがある。

……でも、広重さんの浮世絵の主役は、あくまでも〈風景〉そのものだ……個々の人間じゃないし、個々の存在ではない。

個々のいのちの独自性は、広重さんの絵にあっては、〈風景〉という、もっと大きな存在に解消されてしまう……

お京　……そうね……よくわかるわ。

でも、北斎先生の肉筆画では、そうではないんだ。

わたしたちがこれまで観てきた植物や鳥や馬を描いた「六枚」の絵では、一つひとつのいのちの独自な輝きと、それを包み込んでいる〈風景〉の気配が、緊張関係を保ちながら、ひとつに溶け合っている……

一つひとつの存在を視る時に、その存在が孤独に輝きながら、そのことで、もっと巨(おお)きないのちに活(い)かされているという感覚を、あらかじめもてる人でなければ、こんなふうには、対象を描(えが)けないわよね……

新八郎　そうなんだ……

それは、ここにある残りの「三枚」の肉筆画についても、言えることなんだ。

まず、この、絹本(けんぽん)に描かれた、満開の「桜」の木の枝にとまって、宙を睨(にら)んでいる「鷲(わし)」の絵。……なんという、誇り高い、不敵な面構(つらがま)えをした鷲なんだ……

それに、この木の枝に食い込んだ鷲の〈爪(つめ)〉の鋭さ……

それが、満開のあでやかな桜の花と対比されて描かれている。

この絵は、落款(らっかん)に記された「八十四」という年齢からわかるように、今年になって描かれたばかりの作品だ……。凄(すげ)え爺(じい)さんだ、っていうしかない。

お京　……そうよねえー（笑）。

新八郎　それから、もうひとつの絹本に描かれた、この「岩の上」にとまって、長い首をもたげながら、やはり不敵な面構えで空を睨(にら)みつけている「鵜(う)」の姿……

岩肌に食い込んだ「鵜」の爪(つめ)の鋭さも印象的だが、毛羽立(けばだ)った黒い羽毛を描(えが)く時の、繊細で野太い筆さばきも、絶妙だ。

この筆さばきの力によって、この鳥の身体(からだ)全体から発散されている烈(はげ)しい〈生気(せいき)〉が、背景を覆っている空の、得体(えたい)の知れない〈妖気(ようき)〉との間に、鋭い緊張関係を生み出しているんだ。

「桜と鷲」でも、この「巌頭(がんとう)の鵜(う)」でも、いずれの絵においても、異質なるものの〈対比〉による緊張関係と、その緊張関係によって、逆に、個々の存在に宿りながら個々の存在を超えた、巨(おお)きな、目に視えない〈いのち〉の営みを描き出している……

お京　……その通りだわ。

異質なもの同士が烈しく対峙(たいじ)することで、逆に、それらを包み込み、活(い)かしている、もっと巨きないのちの存在に気づく……

北斎先生の絵は、そういう〈まなざし〉を、わたしたちに伝えてくれている……

新八郎　図星(ずぼし)だ……

その北斎先生の〈まなざし〉の、おそらく究極の到達点の一つを示しているのが、今から六年前の「七十八歳」の時に描(か)かれた、この「龍(りゅう)」の作品だ……

お京　北斎先生は、七十五歳を過ぎてから、さかんに〈龍〉の肉筆画をお描きになられるようになったの。

さっき、お栄様がおっしゃっていた、今、北斎先生が取り組んでおられる「小布施（おぶせ）」の祭屋台（まつりやたい）の「天井絵（てんじょうえ）」にも、〈龍〉の題材が択ばれていたし。

新八郎　……ああ……そう言っていたな……

お京　実は、新八郎様、わたし、この「龍」の絵を観るの、これで「三度目」なの……

他にも、これまでに、先生の〈龍〉の絵は何枚か見せて頂いたけど、今までのところは、これが一番気に入ってるわ。

お栄様の弟子になったのも、北斎先生の肉筆画との出逢いがきっかけだったけど、もし、この「龍」の絵を観てなかったら、改めて北斎親子の下（もと）で絵の修行をしようとまでは思わなかったかもしれないわ……

それぐらい、実は、わたしにとって大切な〈秘密〉の宝物のような作品だったのよね
……今だから言うけど。

新八郎　なんか、わかる気がするよ……実際、この絵は、何度観ても凄い……

底知れぬ〈闇〉の中で、烈しくうねりながら天翔（あまが）ける〈龍〉の姿が、なんともいえない生々しい筆触（ひっしょく）で描（えが）き出されている……

〈龍〉は、古来、森羅万象の内に宿り、その営みをつかさどりながら、同時に、それを超えて飛翔する、大いなるいのちの〈気配〉を形象化したものだと、以前、月之介先生から聞いたことがある。

お京さん……俺はこの〈龍〉の絵を観ていると、とても、人が勝手な想像ででっち上げた絵空事を描いているようにはおもえねえ……

なんか……この〈龍〉のうねりは、そのまま、俺の心の奥底で狂おしく渦巻いている〈闇〉のかたちそのもののような気がしてくるんだ……

この絵をじっと眺めていると、俺の身体が、奥深い処から、どうしようもなく疼いてくるんだ……

お京　わたしも、以前、父から聞いたことがあったけど、〈龍〉は決して、荒唐無稽な想像の産物なんかじゃなくて、洋の東西を問わず、人間が、太古の昔から、身体で感じ、深い心のまなこで視つづけてきた内なる〈闇〉のかたち、魂の〈本体〉のかたちを象ったものなんだって……

新八郎　もしそうだとしたら、もし人間が、太古の昔から、風景の奥に〈龍〉の気配を感じ続けていたのだとしたら、俺たちの魂は、深い深い〈闇〉の世界を通して、すべての生きとし生ける存在と、いや、死者の霊も含めた、天地自然・森羅万象と、どこかでつながっていることになる……

大いなる〈龍〉のいのちにつかさどられていることになる……


お京　お父様は言っていたわ……〈龍〉は、すべての対立・葛藤を包み込んで、それをひとつの澄み切った〈いのち〉の営みに変える力をもっている、と……

それから、〈龍〉は、無数にあって人の魂に宿っているが、しかし、無数にありながら、深き〈えにし〉によって結ばれ、ひとつの〈いのち〉としても働き、対立しながらも、対立し合うことで、ひとつの〈いのち〉と化し、この世で何事かを成就するのだ、とも……

わたし、お父様から、何度か繰り返し、この〈龍〉についての言葉を聞かされたことがあったのだけれど、ずーっと謎めいていて、なんだか、よくわからなかった……でも、今、北斎先生の「龍」の絵を観ながら、父の言葉を、一つひとつかみしめるように思い出してみると、…なんとなく、腑に落ちるような気がするわ……


新八郎　この「龍」の絵も、異質なものが烈しく対立し、葛藤しながら、その闇のうねりを通して、大いなる〈龍〉のいのちが紡ぎ出されている。

鋭く、烈しい緊張感をおぼえさせながら、同時に、大いなる〈いのち〉に包まれた荘厳な〈静けさ〉の気配がみなぎっている……

生きることの、ずしりとした手ごたえを伝えながら、天翔ける〈龍〉のかたち……まさしく、北斎先生の魂の真髄を描き出した絵だ……


お京　わたし、北斎先生のほかに、こんな〈龍〉を描き出せる絵師にめぐり逢ったことは、これまでほとんどないわ……

わたしが目にすることができた限りでは、二人だけ例外があって、共に二百年以上も昔の絵師だけど、海北友松と長谷川等伯の描いた「龍」は、それぞれ一度だけ視る機会があって、本当に凄かった……

たしかに、自分で〈龍〉を視た人でなければ描けない、生々しい、迫力のある絵だったわ……

でも、それから後の、二百年以上にもわたる「泰平の世」になってからは、本物の〈龍〉の絵に出逢えたことはないの……

俵屋宗達の「龍」も、円山応挙の「龍」も、駄目……わたしには、絵空事の作品にしか視えない。

だから、北斎先生の「龍」に出逢って、わたし本当に驚いたわ……まさか、自分と同じ時代の人で、本物の〈龍〉を描ける人にめぐり逢えるなんて……

新八郎　……お京さん……

お京　新八郎様…わたしが、今から三年前の天保十一年、十六の年に、絵師になるための修業のため、京の都に上って、「四条円山派」の絵師・竹内連翹先生の内弟子になったことは、ご存知よね……。あの年から、翌年の天保十二年にかけて、わたし、二年間ほど、京都で絵の修業に本格的に打ち込んだの。

新八郎　…ああ、よく覚えてるよ。お京さんがひとまず二年間の修業を終えて、江戸に帰ってきたのが、天保十三年の正月だった…。その時、俺は、もう水明塾の塾生になって「九ヶ月」ほどが経っていた。あれから、早、「二年」近くにもなるな……

お京　竹内連翹先生は、女の絵師の方で、「四条円山派」に属しておられたけれど、画壇の主流からは外れた、一風変わった、孤独な場所に立っておられる人だったの。

春の光のような、みずみずしい、温かみのある花鳥・山水画を描かれるけれども、決して型にはまらない、闊達自在で不思議な透明感をおぼえさせる絵師だった……

わたし、竹内先生からは、絵師として本当に大切な、技と心の基本を学んだと思ってる。で、厳しい修業の合間に、わたし、あちこちの神社仏閣や裕福な町家や公家の方が所蔵されている優れた絵画作品を観て回ったの。中でも、円山応挙先生や伊藤若冲先生の絵には、深い印象を受けたわ。

わたしが京に居た間に体験した出来事については、いずれ、新八郎様にも、ゆっくりお話しをする機会があると思うし、今はまだ、うまく言い尽くせないような気がするから、控えておくけど……

新八郎　前から気にかかってはいたんだけど、…なんか聞きづらくて、言わなかったんだけど、……どうして、お京さんは、「絵の本場」の京の都で修業までしたのに、たった二年で江戸に舞い戻ってきてしまったのか、って……

そりゃ、親元を離れているのはさみしいだろうけど、そのまま京に居て、内弟子を続けていれば、由緒ある「四条円山派」に属して、全国に名をとどろかす有名な絵師になれたものを……河井先生だって、それをみとめてくれただろうし、喜んでもくれたに違いないのに……って、おもっちまうんだけど……

お京　……もっともなことだわ。

でも、今は、そのへんの心境の変化について、わたし、まだすっきりと説明できないの。正直、自分でもわからないところがあるし（笑）。

「京画壇の本場」で、恵まれた条件の下で、本格的な技と心を学んだ絵師の卵が、なんだって、目の肥えていない遊び人が群がる、ガラッパチの、騒々しくて下品な（笑）お江戸の、それも、両国橋を渡った本所・深川界隈に巣くっている下世話な〈浮世絵師〉の弟子になんかなる必要があるんだ？（笑）……って、絵に詳しい〈玄人〉なら、そう思うとこよね（笑）。

新八郎　……違えねえ（笑）。

お京　……一言だけいうと、さっきも言ったように、京の都では、わたし〈龍〉の絵にお目にかかることはできなかったのね……。優れた作品には、数多く出逢ったし、それはそれで、また、わたしにとっては、別の意味で、かけがえのない体験なんだけど。
でも、自分と同じ時代の作家で、本物の〈龍〉を描ける人には、出逢えなかったの。
今だから、初めてわかることなんだけど、当時のわたしは、〈龍〉に渇いていたの……
わたしの求める〈龍〉を探し当てるには、一度江戸に帰ってみなければならない…って、わたし、そう思ったの。

新八郎　この、およそ上品とはいえない「江戸」の、それも、「本所・深川」の地には、お京さんの求めてやまない〈龍〉のかたちに通ずる、〈闇〉の気配が息づいていた、ってわけだ……

お京　…そう。

新八郎　そこで、お京さんは、北斎先生やお栄さんに出逢った…

お京　新八郎様にもね……（笑）。

新八郎　……お京さん。俺にも、ようやく、なにかが視えてきたような気がするよ……
今までどんなに書物を読んでも、死ぬほど苦しんで考えても、視えてこなかった何かが、たしかに視え始めてきたような気がする……これまでの「独りぼっち」の、さみしくつらい、息のつまりそうな暮らしから脱け出して、もっと巨きな世界に出られるかもしれない……まだ、ほんの〈糸口〉しかつかんではいないのかもしれないけどね……

お京　……新八郎様……

● 著者プロフィール

川喜田 八潮（かわきた やしお）

劇作家・文芸評論家。1952年京都市生まれ。京都大学工学部中退。後、同志社大学文学部に編入学・卒業。駿台予備学校日本史科講師、成安造形大学特任助教授を歴任。1998年より2006年まで、文学・思想誌「星辰」を主宰。2016年に、川喜田晶子と共にブログ「星辰－Sei-shin－」を開設。批評文・書評など多数掲載。著書に『〈日常性〉のゆくえ―宮崎アニメを読む』（1992年　JICC出版局）、『脱〈虚体〉論―現在に蘇るドストエフスキー』（1996年　日本エディタースクール出版部）、『脱近代への架橋』（2002年　葦書房）。川喜田晶子との共著に『J-POPの現在 I〈生き難さ〉を超えて』（2019年　パレード）『J-POPの現在 II かたわれ探しの旅』（2020年　パレード）。

闇の水脈　天保風雲録　第一部

2021年10月15日　第1刷発行

著　者　川喜田八潮（かわきたやしお）

発行者　太田宏司郎

発行所　株式会社パレード

大阪本社　〒530-0043　大阪府大阪市北区天満2-7-12
TEL 06-6351-0740　FAX 06-6356-8129

東京支社　〒151-0051　東京都渋谷区千駄ヶ谷2-10-7
TEL 03-5413-3285　FAX 03-5413-3286

https://books.parade.co.jp

発売元　株式会社星雲社（共同出版社・流通責任出版社）
〒112-0005　東京都文京区水道1-3-30
TEL 03-3868-3275　FAX 03-3868-6588

印刷所　中央精版印刷株式会社

ISBN 978-4-434-29349-8　C0093